NOUS RELIER

En application de l'art. L.137-2.-I. du code de la propriété intellectuelle, toute reproduction et/ou divulgation de parties de l'œuvre dépassant le volume prévu par la loi est expressément interdite.

© 2024 Laure Dauvergne

Édition : BoD · Books on Demand, 31 avenue Saint-Rémy, 57600 Forbach, bod@bod.fr
Impression : Libri Plureos GmbH, Friedensallee 273, 22763 Hamburg (Allemagne)

ISBN : 978-2-3225-5386-0
Dépôt légal : Décembre 2024

Laure Dauvergne

NOUS RELIER

roman

À ma grand-mère, mon premier lien avec les livres

« On est mort, quand le corps, séparé de l'âme, reste seul, à part, avec lui-même, et quand l'âme, séparée du corps, reste seule, à part, avec elle-même. »

Phédon, PLATON

1

J'ai refermé la porte derrière moi.
Les clés à la main, je descends mécaniquement l'escalier, palier après palier. Le sac en bandoulière bat contre ma cuisse au rythme des marches dont le bois craque sur mon passage. Nimbée de brouillard mental, je n'entends pas le son de ma foulée, les conversations étouffées derrière les murs, mêlées aux rumeurs de la rue.

Mes pas ne sont pas restés inaperçus et la concierge m'intercepte avant que je ne sorte de l'immeuble :
— Bonjour Véro ! Comment allez-vous ce matin ?
Je réponds d'une voix monocorde.
— Bonjour Madame Pons. Ça va.
— Vous avez l'air fatiguée.
— Je suis surtout préoccupée par ma journée qui commence vous savez. Et vous, comment allez-vous ?
— Oh moi, ma petite Véro, comme tous les matins. Il faut le temps que ma carcasse se décoince, à mon âge on ne court plus partout comme vous !

Machinalement je souris. Madame Pons est une caricature d'elle-même. Son quotidien consiste à dégotter un nouveau sujet de commérage dont elle pourra vous entretenir de très longues minutes sans jamais faiblir. Et en même temps, elle a le cœur sur la main. Quand elle surprend sur votre visage que vous n'avez pas le moral, elle vous tend une petite madeleine, qu'elle sort avec un air mystérieux de la poche de son tablier.
— Je dois y aller Madame Pons, je prends ma garde dans trente minutes.

Par habitude, je monte dans l'autobus pour rejoindre l'hôpital. Alors que je fouille dans ma besace pour trouver ma carte de transport, une séquence de flashs se superposent devant mes yeux.
Mes patients.
Le service de gériatrie dans lequel je travaille.
Ma blouse d'infirmière accrochée dans mon casier.

Le bus a redémarré.
Assise sur un strapontin recouvert de moquette grise, je regarde la ville à travers les vitres sales. Ce matin, la lumière éclaire de façon rasante les toits et les façades des immeubles, dessinant des formes de soleil sur le monde. Je croise le regard des passants, un couple qui se tient la main, un autre à distance salvatrice. J'observe une femme habillée de noir, très serrée dans un tailleur soulignant ses formes, balançant son corps sur des talons aiguilles, attaquant le bitume. J'ai presque l'impression de l'entendre – *clac clac* – malgré le brouhaha de l'extérieur, du moteur de l'autobus, du babillage des passagers. J'aperçois la devanture discrète d'un bar huppé au loin. Sur le fond gris sombre, l'enseigne « The Link » a des reflets argentés.

La tête appuyée contre la fenêtre, je m'abandonne aux images des mois qui viennent de s'écouler, au film de ma vie depuis presque une année. Depuis le départ de mon appartement de cet homme dont je ne veux plus prononcer le nom.

Malgré moi, mon cerveau implacable ramène des bribes de moments tendres après son installation : la chaise qu'il a occupée à mes côtés, un tee-shirt oublié sur le canapé, l'odeur de son déodorant dans la salle de bain après sa douche, qui flottait jusqu'à la chambre. Il arrive que la présence d'un homme dans mon quotidien me manque. Mais pas lui. Surtout pas lui. Je lutte contre les souvenirs qui à présent m'assaillent.

— Maman, pourquoi la dame elle reste assise ? Je veux que je m'asseye moi !

La mère me regarde gênée, tire son enfant par la main en lui jetant un œil sombre. J'émerge de ma torpeur. Je suis soulagée que cette petite fille m'ait sortie de ce mental avilissant qui se nourrit de douleur, de violence.

— Tu peux t'asseoir si tu veux.

Je lui lance un demi-sourire espiègle en me levant, tiens mon sac contre moi pour éviter qu'il ne vienne la cogner. Elle se précipite sur le siège, colle illico son nez contre la vitre douteuse.

— « Merci Madame » on dit, râle la mère.

Mais la petite est déjà plongée avec ravissement dans l'observation des voitures que l'on surplombe : l'homme qui s'agace au volant une cigarette à la bouche, la femme qui tire sur une jupe trop courte, la fillette qui fait danser une poupée sur le rebord de la vitre.

Les portes du bus s'ouvrent à l'arrêt du CHU. Je descends sur le trottoir, rejoins l'entrée des soignants à deux cents mètres sur la gauche. Dans le couloir aux murs d'un jaune pâle écaillé, je croise des collègues du service, les salue d'un hochement de tête. Ce qui m'aide à prendre mon poste le matin, c'est d'échanger avec l'équipe de nuit à propos des patients. Qui a eu un cauchemar, qui a mouillé son lit, qui a râlé dans son sommeil. Je fais souvent le constat que la fin de vie des personnes âgées ressemble étrangement aux premières années d'un enfant. Comme un cycle qui se répète. Seulement ce que ces vieilles gens n'ont pas devant elles, c'est le temps. Et parfois, à la voix lourde de sanglots qui m'accueille, je sais que quelqu'un ne s'est pas réveillé.

Je suis en train de passer ma blouse blanche dans le vestiaire quand Amélie me fait sursauter :
— Véro, une patiente monte des urgences, elle est pour toi !

*

Parmi les patients de l'hôpital, il y a ceux qui repartiront chez eux.
Ceux qui espèrent qu'ils repartiront.
Ceux qui n'espèrent plus.
En lisant le compte-rendu de l'urgentiste, je devine que Madame Schmidt fait partie de ceux qui font tout pour repartir chez eux et qui ne comptent rien changer à leur vie : la vieille femme est tombée chez elle et a eu du mal à se relever. Elle en veut à sa femme de ménage qui a paniqué et appelé les pompiers.

C'est une Madame Schmidt toute gênée de déranger que je découvre allongée sur son lit, fixant la porte d'un air inquiet. Alors, spontanément, je souris. Jusqu'à sentir le pli au coin de mes yeux pour la rassurer.
— Vous êtes Madame Schmidt, c'est bien ça ?
— Oui mademoiselle.

Le regard de la vieille dame s'agrippe à mon visage.
— Voulez-vous me raconter ce qui s'est passé ?

Madame Schmidt prend une pénible respiration.
— C'est que vous voyez, il y a ce joli tapis dans mon entrée. J'y tiens énormément, je l'ai ramené d'Afrique. J'ai beaucoup voyagé vous savez ! J'ai vu tant de choses...

Les yeux ridés de la vieille femme prennent de l'éclat dès qu'elle s'anime.
— Je vous raconterai !

Elle sourit.
— Ce matin, je marchais trop vite, j'étais en train de m'agacer sur la femme de ménage parce qu'elle est toujours à déplacer mes objets et qu'elle ne les remet pas à leur place. Mes objets ont leur place vous savez. C'est important, ils se sentent chez eux comme ça. Vous comprenez n'est-ce pas ?
— Je ne suis pas sûre Madame Schmidt. Ce qui est sûr, c'est que je ne comprends toujours pas comment vous êtes tombée.
— Oh oui pardon.

Petit rire.
— Alors comme je vous le disais, j'étais agacée, je marmonnais la tête en l'air. Et j'ai trébuché sur le tapis. C'est idiot.

Je fixe Madame Schmidt qui baisse la tête, penaude.
— Ils vont me garder longtemps vous croyez ? C'est que j'ai mes chats, ils n'aiment pas rester tout seuls, après, ils me boudent.

J'observe la vieille dame pendant que je lui prends la tension, ses mains ridées qui s'agitent sur le drap rugueux. La douceur qui émane d'elle m'attendrit.
— Vous vivez toute seule Madame Schmidt ?

— Je vis avec mes chats, je vous l'ai dit ! On n'est pas seule quand on a des chats vous savez.

L'effronterie de la vieille femme me fait sourire. Je reprends plus sérieuse :

— Je pense que le médecin voudra vous faire quelques examens complémentaires avant de vous renvoyer chez vous. Je ne suis pas sûre que vos chats pourront vous aider à vous relever si vous tombez de nouveau. Cela ne devrait pas durer trop longtemps, mais ne comptez pas rentrer chez vous aujourd'hui.

De légères larmes perlent aux coins de ses yeux bleus, presque transparents.

— Ne vous en faites pas Madame Schmidt.
— Je pose une main chaude sur l'épaule frêle.
— Je suis certaine que tout va bien et que vous rentrerez bientôt. Je vous promets que je passerai vous voir demain.

Je me lève, rejoins la porte qui donne sur le couloir, me retourne.

— Et je compte sur vous pour me raconter l'histoire du tapis africain qui vous a menée jusqu'à moi !

☙

Madame Schmidt regarde l'infirmière sortir de la chambre.

Elle voudrait la rappeler près d'elle, la retenir encore quelques minutes. Elle soupire, se contente de tourner la tête vers la fenêtre. Elle est vexée d'avoir atterri dans cette chambre – après avoir atterri par terre. Cette harpie de femme de ménage voulait lui faire la leçon c'est sûr. Elle pense à ses chats, elle sait qu'ils ne risquent rien. Et pourtant, les savoir seuls lui serre tristement le cœur.
La vieille dame passe une main plissée dans ses cheveux blancs. Elle n'a pas eu le temps de se coiffer ce matin, tout est arrivé trop vite.
C'est un comble, d'habitude tout va trop lentement. Ses jambes qui ne la portent plus comme avant, sa voix qui parfois se fait traînante. Même ses chats sont vieux ! Ils ne chassent plus depuis longtemps, ils préfèrent passer leurs journées à dormir sur la couverture posée pour eux sur le canapé.

Madame Schmidt balaye la pièce du regard.
Elle se sent en décalage dans cette chambre trop blanche, trop nue, trop propre. Chez elle, c'est coloré, c'est vivant.
Sa petite villa est remplie de témoins de ses voyages, de tout ce qu'elle a pu ramener quand elle pouvait encore barouder. Il s'y mêle des odeurs de tentures, de bois, d'épices stockées dans sa cuisine. Elle aime croiser les regards sauvages des masques africains accrochés à ses murs, s'attendrir sur ces photos d'elle, prenant soin des enfants à la peau noire agrippés à ses mains et ses bras.

Ici tout lui semble morne, froid : le métal des barreaux du lit, les murs grisâtres, le lino fatigué. Ce constat la déprime encore plus. Elle a besoin de chaleur, de vie, tout le temps qu'il lui reste.
Madame Schmidt soupire.
Elle a hâte de croiser de nouveau cette jeune infirmière.
Elle a aimé les doux traits de son visage pâle, soulignés par sa chevelure brune, coiffée en une simple queue de cheval.
Elle a aimé la délicatesse de ses mains fines, la légèreté de ses doigts, posés avec précaution sur sa peau fragile.

Mais ce qu'elle a aimé surtout, c'est la flamme, intense, brillant dans ses yeux verts et cernés.

Je fais la visite des chambres accompagnée d'Emma. Bien plus que ma binôme en tant qu'aide-soignante, elle est mon amie, la sœur que je n'ai pas eue. Ensemble, nous offrons aux patients, autant que possible, nos sourires, nos voix calmes et posées. Nous prenons le temps d'écouter, de chercher à comprendre ce dont ils ont le plus besoin : soulager une douleur, trouver une occupation, ou juste transmettre, un peu.

Je connais bien l'occupant de la chambre suivante : Monsieur Drance, un vieux bonhomme de quatre-vingt-sept ans. Monsieur Drance a la chance d'être entouré par les siens, ce qui n'est clairement pas le cas de tous les patients de l'hôpital. Très souvent, je découvre un individu dans sa chambre, même en dehors des heures de visite. Ce matin, c'est un de ses petits-fils qui est déjà là, pour lui faire la lecture. Un rituel, qui s'est instauré entre eux, maintenant que les yeux gris du vieil homme sont trop fatigués. Emma et moi entendons la voix affectueuse du garçon égrainer les mots d'Agatha Christie. Il s'est attelé au Crime de l'Orient Express.

— Bonjour Bastien. Bonjour Monsieur Drance.
Excusez-nous d'interrompre l'interrogatoire d'Hercule Poirot. Nous venons vérifier que tout va bien.
Comment avez-vous passé la nuit Monsieur Drance ?

Le vieux bonhomme nous jette un regard mi-agacé mi-amusé. Il bougonne dans un demi-sourire :
— Bien jusqu'à votre arrivée Mesdames.
Puis plus gravement.

— En fait, j'ai eu mal à la poitrine. Mon cœur a tapé très fort, ça m'a réveillé. J'avais presque du mal à respirer, c'était assez pénible.
— Mais pourquoi n'avez-vous pas sonné ? Les infirmières de nuit sont là pour ça, vous le savez bien. C'est dangereux Monsieur Drance, je ne voudrais pas qu'il vous arrive quelque chose.
— Mais voyons chère demoiselle, je suis à l'hôpital. Je suis là parce que justement il m'arrive quelque chose. Et puis je préfère vous en parler à vous. Même si vous me faites la leçon !

Je hausse les yeux dans un soupir. Cet homme a ses têtes. Quand il s'entiche de vous, le reste du monde n'a plus voix au chapitre.
— Vous exagérez quand même. Allez, donnez-moi votre bras, je vais devoir contrôler votre tension. Tu veux bien attendre dehors Bastien ?

Le garçon fait un clin d'œil à son grand-père, glisse un doigt entre les pages du petit livre jaune et sort de la chambre. Je l'entends soupirer puis s'adosser au mur. Le vieil homme nous donne du fil à retordre, il le sait bien.

Comme nous savons combien il y a d'amour dans ce cœur trop vieux.

Je rejoins Bastien dans le couloir pendant qu'Emma fait sa toilette à Monsieur Drance. Il lève les yeux, croise mon regard, rosit.

Quand je l'observe, j'imagine mon fils dans quelques années, fantasmant peut-être sur une jeune femme qu'il aura croisée dans la rue, ou le métro. Rêvant d'elle, même si c'est sans espoir. Juste pour oublier que d'autres s'éteignent.

— Bastien, tu sais que tu ne devrais pas être ici à cette heure-ci ?

Il sourit.

— Je sais.

Son visage s'assombrit aussitôt.

— Mais j'ai besoin d'être là. Je vois bien qu'il s'éteint doucement, même s'il a encore de l'énergie pour râler. Il réagit moins qu'avant. Comme si une part de lui avait décidé que c'est la fin. On dirait qu'il veut nous laisser le temps de lui dire au revoir.

Je le fixe, impuissante.

— Tu peux entrer Bastien !

Emma a passé sa tête par l'entrebâillement de la porte. Ses cheveux blonds en épis lui donnent un air de lutin.

Le garçon baisse la tête et retourne s'asseoir sur le lit au côté de son grand-père. Il ouvre son livre, très sérieux, et reprend sa lecture.

Je surprends le regard attendri d'Emma. Elle observe Bastien replonger dans cette bulle de tendresse qui les enveloppe le vieil homme et lui, pour prolonger, tant qu'il peut encore, cette pause dans leur vie.

*

Nous finissons la tournée des lits. Nous croisons les femmes de ménage avec qui nous échangeons les dernières nouvelles. Comme nous, ces femmes participent à la bonne ambiance du service. Quand elles le peuvent, elles prennent le temps de parler avec les patients, dans une tentative de combler leur solitude.

Comme à nous, il leur arrive de s'attacher à certains, leur cœur ouvert à cette humanité vieillissante.

— Emma, je vais m'aérer quelques minutes.
Je mets la main dans la poche de ma blouse, agite le téléphone interne devant ses yeux noisette.
— Au cas où.
Elle me fait un clin d'œil.
— Ça marche !

D'un pas rapide, j'arpente le couloir dans l'autre sens, croise le médecin qui entre dans la chambre de Madame Schmidt. Je note mentalement de repasser la voir le lendemain comme je le lui ai promis. J'ai senti combien cette vieille dame était déboussolée de se retrouver ici, cloîtrée dans une chambre qui lui est inconnue.

Je descends les marches de l'escalier de secours. J'ai besoin de respirer, de m'emplir les poumons d'oxygène. J'aime vraiment mon métier mais je suis restée sensible aux odeurs de l'hôpital : les vapeurs des désinfectants, la javel sur les sols, l'odeur des corps qui imprègnent les vêtements.
Je retrouve l'air de la rue avec plaisir, les couleurs plus soutenues maintenant que le soleil est haut dans le ciel sans nuages. Je m'appuie sur le mur du bâtiment, songeuse, tente de soulager mes reins.

Ce mal de dos me rappelle les douleurs de ma grossesse il y a bientôt douze ans, la fin de mes études en gériatrie, sous l'aile du docteur R. Le vieux médecin, alors chef de service, s'était pris d'amitié pour moi, pour ma vivacité – en dépit du gros ventre qui tirait sur mes vêtements. Il m'avait confié qu'il appréciait la douceur présente dans mes gestes sûrs, le regard tendre que je savais poser sur ces personnes tellement plus âgées.

Je m'étais laissé apprivoiser par ce petit homme souriant dans sa blouse blanche. Parce qu'il aimait ses patients, parce qu'il aimait son métier. Malgré les décès, malgré la tristesse. Il était heureux de pouvoir soulager, redonner un sourire et quelques années.

La découverte du monde médical sous sa direction a confirmé ma vocation : être infirmière. Ce métier a toujours été un choix du cœur, même si je savais que j'allais vivre des moments compliqués avec l'arrivée du bébé et mon début de carrière.

Quand le docteur R. m'a soumis l'idée de travailler dans son service après mon diplôme, je n'ai pas hésité longtemps. Mon enfant allait naître, j'avais besoin qu'on ait confiance en moi pour retrouver une certaine sérénité. J'ai donc accepté cette opportunité, et par conséquent, ce cadre de travail.

Je souris. Mon fils Valentin a maintenant onze ans. Nous avons traversé ces années ensemble, unis et complices. Je profite qu'il ne soit qu'au début de son adolescence pour le câliner encore. J'aime frotter mon nez dans ses cheveux, renifler le parfum de son enfance. J'entends sa voix « Arrête maman ! » quand je m'amuse à ébouriffer ses cheveux trop longs.

Valentin va au collège depuis la rentrée, je le vois grandir, s'affirmer. Je décèle les intonations de sa voix qui changent au contact de ses copains, ses « potes ». Pour moi, il reste encore « mon petit bonhomme », une bouille blonde à la peau claire, joyeux, lumineux. Mon Val.

Dans ma poche, le téléphone des infirmières sonne. La voix d'Amélie :

— Véro ! Remonte ! On a besoin de ton aide chambre 267 !

Urgence.

2

Vaira est dans la salle de bain.
La lumière du néon éclaire la pièce, assombrie par la nuit. Elle contemple son image dans le miroir : la tresse rousse posée sur son épaule droite, les mèches laissées libres pour adoucir les traits de son visage, ses yeux qu'elle vient de maquiller.
Elle se regarde fixement.

Ce soir, elle sort.
Elle a besoin de se confronter aux ténèbres. Besoin de sentir sa chair en vie. De combler ce trou qui la broie de l'intérieur.
Elle veut oublier. Elle veut s'oublier.

Vaira jette un dernier coup d'œil à sa silhouette. Elle a passé une robe pourpre, qui tranche avec la blancheur de sa peau. Le velours contre son corps l'enveloppe de douceur, l'aide à libérer les tensions de ses muscles. Elle savoure la langueur qui s'empare d'elle, pose ses doigts à l'intérieur de sa cuisse, à la hauteur du genou. Elle remonte le long de sa jambe, jusqu'à son bas-ventre, presse sa paume contre son sexe. Le désir pique son ventre, ses seins, sa langue. Dans un soupir elle retire sa main. Pas maintenant. Elle se garde pour cette nuit.

Le taxi est stationné dans la rue. La jeune femme pousse la porte du bâtiment, surprend le regard affamé du chauffeur qui baisse brusquement la tête, soumis.
— Pouvez-vous me déposer au Link je vous prie ?
L'homme hoche la tête et rabat la portière de la Mercedes sur son corps lové sur la banquette, comme pour échapper à un fauve prêt à bondir.

Dans le silence de la nuit, les lumières éclairent furtivement le visage tendu de Vaira.
Elle repense à cette première nuit où tout a basculé.

*

La jeune femme est accoudée à un bar, elle sirote un cocktail. Les yeux dans le vague, elle se laisse porter par le moment présent, sans savoir réellement ce qu'elle cherche pour cette soirée. Elle est sortie seule, pour vivre le hasard d'une rencontre. Et ce qu'elle ne sait pas encore, c'est que la prochaine va la surprendre, la mettre face à elle-même.
La mettre face à cette part d'ombre, brute, qu'elle a toujours réprimée.

Un homme s'approche, à pas comptés. Vaira le détaille dans le miroir au-dessus d'elle : séduisant, costume bien taillé. Le ton gris perlé du tissu fait ressortir le bleu de ses yeux. L'homme a l'air sûr de lui mais pas suffisant. Une énergie puissante émane de sa silhouette.
— Bonsoir, puis-je me joindre à vous ? Je ne voudrais pas que l'ennui vous gagne.

La jeune femme sourit intérieurement de son entrée en matière plutôt classique. Mais la voix de l'homme est agréable, chaude, suave, l'odeur qu'il dégage également. Elle rétorque :
— Il semble que vous ayez trouvé le moyen de tromper le vôtre. Je vous offre un verre ?

Pris de court par sa réponse, l'homme accepte. D'un geste du menton, il interpelle le barman, désigne le verre de Vaira.
— La même chose s'il vous plaît.

La préparation du cocktail se déroule sans échange de paroles. La jeune femme observe fascinée les ingrédients versés un à un dans le shaker. Il respecte son silence, le temps qui s'étire, le cérémonial du verre que le barman pose devant eux.

— Il me semble vous avoir déjà vue ici.
Elle le fixe, laisse s'écouler encore quelques secondes.
— C'est possible.
— Vous attendez quelqu'un ?
— Une manière élégante de me demander si je suis seule.
Un éclair de malice sur ses lèvres rouges.
— Je ne suis plus seule puisque vous êtes là. Enchantée. Vaira.

La jeune femme lui tend sa main blanche. Il la presse entre les siennes, fort, plus que nécessaire.
— Dominique.

Vaira libère sa main. Elle sent la chaleur qui commence à circuler dans son corps. Son envie, son désir, de plaire, de s'abandonner. Ses joues se teintent légèrement de rose.
Il le voit.

— J'espère que vous ne m'en voudrez pas si je vous dis que je vous trouve très séduisante.

Avec lenteur, il penche son buste vers elle, plonge ses yeux bleu acier dans les siens. Elle s'y sent déshabillée, mise à nue. Elle a envie de lui. Maintenant. Elle passe un doigt lascif sur le visage rasé de près, effleure le dessin de la mâchoire carrée. Dominique lui reprend la main, se met à mordiller le bout de ses doigts. Le souffle de Vaira s'accélère.

— J'espère que vous ne m'en voudrez pas si je vous dis que j'ai très envie de coucher avec vous.

Le ton impérieux de sa phrase présage le défi que l'homme lit dans ses prunelles. Impressionné par son aplomb, il laisse échapper un demi-sourire.

La suite, Vaira la vit comme un automate, transformée par le désir qui l'enivre. Ses sens sont bousculés, saturés : la musique du bar, les rires et les conversations des clients amassés, l'air alourdi de parfum, de transpiration, de déodorants, de fumigènes, la lumière qui joue sur les ombres, les reflets sur le miroir au-dessus d'elle, dans lequel elle capte le regard de Dominique.

Comme il se lève, elle le suit.

Elle suit, hypnotisée, ces épaules massives, ce costume gris qui se déplace parmi les corps pressés. Elle s'aperçoit qu'elle est dehors lorsqu'elle sent la fraîcheur de la nuit sur son visage.

Dominique passe un bras autour de son dos, pose une main sur son épaule, comme pour la posséder – déjà. Elle se laisse guider sur le parking, son corps blanc pressé contre celui puissant de l'homme à son côté. Elle sent le tissu qui frotte sa peau, son épiderme fourmille, picote, chauffe, aussi sûrement que son envie qui envahit son ventre.

Devant sa voiture de sport, Dominique la plaque contre la portière, Vaira sent le métal sur ses fesses à travers l'étoffe de sa robe. Il serre son visage dans sa main pendant qu'il l'embrasse, joue avec sa langue.

Son haleine sucrée est douce, pleine de convoitise. Il lui mordille une lèvre. Son autre main enlace sa hanche, la presse fort contre lui. Elle sent son sexe plaqué contre elle, gonflé, compressé. Vaira gémit, ondule sous les caresses, les baisers, son corps s'embrase. La vague d'envie monte, la prend, la roule, la bouscule, jusqu'à lui couper le souffle.

Dominique fait monter la jeune femme dans la décapotable. Ils roulent dans les rues de la ville. Elle observe les lumières qui défilent, les enseignes dans la nuit, l'air frais fouette son visage.

Vaira sent la main de l'homme sur sa cuisse qu'il serre fermement. Elle le fixe, l'avidité se lit dans l'ombre de son regard. Il répond par un sourire, la lèvre légèrement retroussée sur ses dents blanches.

Ils n'ont pas échangé un mot depuis leur départ du Link. Vaira apprécie le silence, avant les cris, les râles, qui empliront la chambre tout à l'heure. Elle profite des minutes qui s'étendent devant elle, du temps ralenti de cette nuit.

Ils arrivent devant un hôtel discret qui possède un parking à l'arrière du bâtiment. L'homme aux cheveux gris la fait descendre, lui murmure qu'elle est splendide, qu'il a hâte de découvrir son corps, de toucher sa peau nue. Ils s'arrêtent quelques minutes devant le réceptionniste qui tend une clé à Dominique. Vaira comprend qu'elle n'est pas la première. Et cela lui est complètement égal à cet instant de sa vie.

C'est dans la chambre que tout bascule.
Dominique s'approche d'elle et la voix légèrement voilée assène :
— J'ai envie de te payer cette nuit. Que tu sois à moi. Totalement.

*

Tout est parti d'une envie subite : de se donner, d'être sombre, de rompre avec la norme et les codes. Une soif de s'affirmer autrement.

Vaira a accepté ce soir-là la proposition de Dominique. Elle a goûté à un sentiment inconnu d'infini lâcher-prise. Elle a joui et crié comme jamais.

Elle s'est sentie vivante, haletante, brûlante. Elle s'est sentie femelle, insoumise, sauvage. Son ventre enfin repu. Le vide oublié.

Et elle a eu envie de recommencer.

Ce soir, elle a rendez-vous avec un ami de Dominique, là où tout a basculé. Elle aime cette symbolique, comme un retour aux sources, houleuses, obscures. Sa robe de velours rouge l'enveloppe comme un cocon dans ce taxi qui la conduit jusqu'à cette nouvelle rencontre. Vaira n'a pris aucun engagement particulier, si ce n'est d'accompagner l'homme à une soirée de gala. Elle compte suivre son instinct, reconnecter à ses envies pour mieux les apprivoiser.

La police argentée de l'enseigne brille sous la lune : « The Link ».

Le taxi la dépose et s'éloigne comme à regret. Vaira entre, ils ont convenu de s'attendre à l'intérieur pour plus de discrétion. Comme les fois précédentes, le bruit assourdissant du bar lui compresse le crâne, met ses sens en déroute. Elle avance comme en transe jusqu'à l'homme assis au bar qu'elle repère aisément. Il se lève à son arrivée, la salue et lui baise légèrement la main.

— Bonsoir Vaira. Je vous remercie d'être venue. Dominique m'a longuement parlé de vous.

Elle tressaille. Un mélange d'émotions la submerge, entre rage, honte, et curiosité. Elle s'est laissée surprendre par la nouveauté de cette situation.

Sa bouche s'est asséchée. Elle déglutit pour reprendre contenance, plante son regard acéré dans les yeux de son interlocuteur.

— Bonsoir Victor. Je déduis de votre présence que cela devait être en bien.

La jeune femme tend la main pour commander un verre. Elle a besoin de la fraicheur du liquide pour atténuer cette sècheresse dans sa gorge.

— Pouvez-vous m'en dire plus pour ce soir ? Où allons-nous ? Quelles sont vos attentes me concernant ? Que dois-je savoir ?

Victor l'observe. Il admire l'éclat de ses yeux, ses cheveux roux, flamboyants, sur son épaule pâle. Dominique a dit vrai, cette femme est une splendeur. Et intelligente de surcroit.

— Je vous emmène à une soirée de gala pour l'inauguration d'une exposition. Il s'agit d'un photographe qui aime saisir un détail surprenant, dans un regard, un paysage, une situation. La galerie m'appartient. Les invités sont là pour admirer et s'offrir les talents de l'artiste.

L'homme détaille Vaira, sa silhouette, ses jambes qui sortent du fourreau de la robe.

— Vous concernant, rien de particulier. Votre sourire à mon bras, n'hésitez pas à donner votre avis si vous le souhaitez. Je veux une femme libre, puissante, qui réveille les pulsions. Je veux que votre énergie se mêle à l'énergie des œuvres. Je ne doute pas que vous y parviendrez.

Vaira acquiesce de la tête. Victor est de la même veine que Dominique. Habitué au pouvoir. Quand il parle, il est clair qu'il doit être écouté. Et qu'il s'attend à ce qu'on lui obéisse.

Ils sont devant l'entrée. Vaira peut voir les profils qui se déplacent, admirent, échangent, à travers les rideaux de coton blanc. Victor et elle s'avancent, il lui tient la porte et elle embrasse les lieux d'un regard.
La galerie est sobre, afin de laisser la place à la photographie elle-même. Murs blancs, sol de marbre légèrement teinté de gris. Les photos en noir et blanc sont affichées sans cadre apparent, se découpant sur les cloisons des pièces ouvertes. Les invités se promènent nonchalamment, leurs commentaires partagés à voix basse dans un silence presque monacal. Au bruit du battant qui claque derrière elle, la curiosité leur fait lever les yeux.
Vaira se sent brusquement l'objet de leur attention, elle est observée, détaillée, disséquée. Alors elle s'avance, aérienne. Elle fend ce monde lisse, noir et blanc, de sa robe fourreau rouge, telle une diablesse, allume tour à tour des flammes de jalousie dans des yeux féroces, des flammes de convoitise dans des yeux avides.

Victor n'a pas l'air mécontent de son petit effet, comme s'il savait que sa soirée a pris un tournant qui ne sera pas pour lui déplaire. Autant pour la réputation de la galerie que pour lui-même. Satisfait, il prend le bras de la jeune femme et la présente aux futurs acheteurs, néophytes, mécènes. Vaira sent qu'il aime la souveraineté qui émane de leur couple – et que d'elle, il espère obtenir plus cette nuit. À lui d'être convainquant. Victor palpe machinalement sa poche. Vaira devine le renflement d'une enveloppe. Ce contact donne à l'homme plus d'assurance encore, et c'est ce visage sûr de lui, souriant, qu'il offre maintenant à ses convives.

Vaira déambule au bras de Victor, un verre de champagne à la main. Elle aime la sensation des bulles sur sa langue, la légère amertume dans sa bouche. Elle choisit de s'enivrer progressivement, pour rester maîtresse d'elle-même tout en savourant ce léger étourdissement qui s'empare de sa tête.

Le photographe a vraiment du talent. Il émane de ses photos une acuité sur le monde qui la transperce dans sa chair. Elle sent la force brute des images, le jeu de l'agrandissement sur le détail d'une larme sur un visage buriné, d'une feuille craquelée sur le bord de cette route. C'est le Vivant qui vient à elle. Qui vient emplir péniblement ce vide qui la broie jour après jour et qu'elle comble en vain, tel le tonneau des Danaïdes.

Spectatrice de ce monde nouveau pour elle, Vaira découvre également les rires forcés pour plaire, les gestes cent fois répétés pour sembler spontanés, le luxe affiché sur les tenues, un bouton de manchette en or frappé d'armoiries, des diamants qui coulent entre des poitrines fatiguées. Sa simplicité détonne dans cet environnement et en même temps, sa puissance naturelle peut enfin éclore.

Victor jette un œil vers elle, impressionné, le désir commençant à sourdre en lui. Dans les yeux de cet homme, Vaira lit pour la première fois de l'admiration, sincère et jalousée. Elle prend conscience de son pouvoir sur l'Homme, sur les femmes envieuses qui la détaillent avec aigreur.

Et une nouvelle détermination éclot.

Ce soir, Vaira décide qu'elle choisira sa clientèle. Elle sera maîtresse de son désir, de son corps, du moment de bascule.

Ce soir, elle décide que Victor sera sous son pouvoir – à elle.

*

La soirée se termine. Les invités quittent peu à peu la galerie, qui résonne du silence vide. Vaira et Victor saluent individuellement les convives, remercient, d'un geste, d'un sourire, d'un regard. La porte de la galerie se referme sur eux, maintenant seuls dans l'espace épuré.
— Je vous remercie d'avoir illuminé cette soirée. Je n'en attendais pas moins de vous.

Victor ajoute :
— Puis-je vous offrir un dernier verre ?
— Ce sera le dernier en effet. Je souhaite vous entretenir des modalités de la soirée.

Le ton sec de Vaira surprend Victor. Légèrement déstabilisé par l'autorité de la jeune femme, il lui fait signe de le suivre. Ils parcourent de nouveau la galerie pour rejoindre un petit bureau privé, à l'abri des regards de la rue. L'ambiance y est plus chaude. Une moquette gris foncé où les talons de Vaira s'enfoncent légèrement, des murs gris clair, un bureau en verre blanc posé dans un coin de la pièce face à deux fauteuils bordeaux. Une méridienne dans le même tissu et une table basse occupent le côté opposé.

Vaira s'assied délibérément dans un des fauteuils. Victor choisit de tourner le second vers elle.
— Je vous écoute.
— Dominique vous aura sûrement expliqué que cette prestation a un coût. Coût qui varie selon la durée…

Vaira laisse les mots éclore dans sa bouche. Elle plonge son regard intense dans les yeux de Victor.
— Disons selon la durée et la teneur de nos échanges. Si vous acceptez ma proposition, je veux être maîtresse de la suite de la soirée.
— Suis-je en mesure de négocier le prix ?

Un sourire enjôleur chez Victor pour tenter de reprendre l'ascendant.
— Vous savez bien que non.
Le ton de Vaira est sans appel.
Victor sait qu'il doit céder s'il veut posséder cette femme sublime. Il sort l'enveloppe de son veston, recompte brièvement les billets à l'intérieur et tend le tout vers Vaira.

D'un geste souple, elle range l'enveloppe dans son sac. Elle sent l'adrénaline s'emparer d'elle. Elle sent le désir qui hérisse sa peau. Elle sent l'animal gronder dans son corps, dans son ventre.

Elle se lève et d'un regard invite l'homme à la suivre jusqu'à la méridienne. Victor veut la toucher mais elle esquive ses gestes. Il grogne quelques secondes mais accepte le jeu. Il s'assoit. La jeune femme lui prend le bras, le déplie et le pose sur le dossier de la méridienne. Elle presse sa main pour lui faire comprendre qu'il doit s'y tenir. Elle renouvelle ce geste avec l'autre bras, l'autre main. Vaira s'éloigne légèrement de lui. Elle le regarde, les bras écartés, son visage tendu vers elle, le corps parcouru d'imperceptibles soubresauts. Il a dû mal à se contenir, à lâcher prise avec le pouvoir.

Lentement, elle se défait du sac sur son épaule et va le poser sur le fauteuil le plus proche. Ses yeux plantés dans ceux de Victor, elle desserre doucement sa robe. Le bruit de la fermeture éclair résonne dans le silence de la pièce. Elle passe sa langue sur ses lèvres sèches. Le tissu rouge glisse peu à peu de ses épaules blanches, tombe, dévoile entièrement son corps. Sa poitrine se soulève, elle fait un pas de côté pour se libérer tout à fait de la robe qu'elle laisse à terre, comme une tâche sanglante sur la moquette grise.

Vaira ne quitte pas Victor des yeux. Féline, elle s'approche de l'homme. Elle constate avec envie la tension de son sexe dans son pantalon. Impatient, il décolle une main pour toucher sa peau.

— NON !

Elle s'est reculée vivement. Le fixe avec fureur. Il comprend que ce soir, c'est lui qui doit obéir. Il ne la possèdera pas comme il l'espérait.

Docilement, il repose sa main sur le dossier, agrippe le bois et attend.

Vaira reprend sa marche lente vers l'homme assis, offert sur la méridienne. Du bout des doigts, elle écarte le veston, défait un à un les boutons de la chemise blanche. Elle effleure la peau mate de Victor, suit le dessin des clavicules, passe sa paume sur le buste, descend sur le ventre plutôt ferme malgré les années. De son autre main, elle dégrafe son soutien-gorge rouge, la dentelle frôle sa peau pâle, le contact du tissu hérisse le duvet de ses seins. Les aréoles durcies pointent orgueilleusement. Vaira présente sa poitrine aux lèvres de Victor qui ose tendre sa langue. Avec un soupir, la jeune femme s'écarte de la bouche, caresse doucement le torse du bout de ses seins. Leurs odeurs se mêlent, elle s'étourdit du désir qui s'amplifie au creux de son ventre. Elle mordille par endroit la peau, plante plus fort ses dents, laisse une marque, y passe un coup de langue.

Le souffle rauque de Victor s'accélère quand il la voit s'agenouiller entre ses jambes avec grâce. Il voudrait la toucher, attraper ses cheveux, lui plaquer le visage contre son sexe. Pour se contenir, il serre le bois dans ses mains, les jointures de ses doigts blanchissent sous la pression. Sa gorge gronde, le parfum du corps de Vaira le possède totalement, son cerveau lutte entre le contrôle qu'il doit garder de ses mains et l'abandon qu'elle lui impose. Il plante son regard dans le sien, sombre, violent de désir. Il la veut. Maintenant.

Vaira détache d'un geste ralenti la ceinture du pantalon, les yeux rivés à ceux de l'homme. Le bouton lâche brusquement sous ses doigts. Le tissu est tendu, l'érection granitique. Délicatement, elle libère la verge qui palpite et le visage de Victor se raidit encore quand elle passe la pointe de sa langue sur le bout de son sexe humide. Elle joue avec son désir, elle joue avec sa main, elle joue avec ses caresses de plus en plus précises, de plus en plus fermes, de plus en plus rapides. Elle est maîtresse de cet homme, sous le pouvoir de sa bouche. C'est elle qui choisira quand sera le moment de le libérer. Elle seule.

Victor sait qu'un seul geste vers elle peut le perdre. Il rage d'avoir accepté ce défi, il exulte d'envie, il voudrait la prendre de force, la retourner là, la faire crier sous les coups de son bassin. Son cerveau s'affole, des lumières scintillent légèrement dans ses yeux, le sang pulse à ses oreilles, il voudrait hurler, il s'entend gémir, il perd pied, lui l'homme de pouvoir. La tension dans son corps devient douloureuse, insoutenable. Il pourrait presque la supplier, mendier sa liberté.

Sa bouche s'ouvre, aucune parole ne sort, son souffle est coupé. Les mouvements de Vaira se sont faits plus vifs, implacables. Il ne sait plus s'il sent sa langue, sa main, ses cheveux défaits contre ses jambes, perdu dans l'infinité du temps. Et brusquement, son visage se crispe. Victor pousse un râle qui lui est inconnu, tout son corps se relâche d'un coup, sa tête bascule, à demi-inconscient.

*

Vaira est dans le taxi qui la ramène. La fatigue commence à alourdir son corps, l'adrénaline, qui quitte peu à peu son sang, laisse place à l'engourdissement qui précède le sommeil. Elle a hâte de déposer sa tenue, de se laver de cette soirée, de cette peau qu'elle a habitée. Sa mémoire lui repasse les dernières heures écoulées.

Elle revit une nouvelle fois l'intensité qu'elle a ressentie dans sa chair quand l'homme était sous son pouvoir. Elle a vu ses yeux hagards face à cette faiblesse, nouvelle pour lui. Elle se délecte de ce sentiment de supériorité, sourit à demi en pensant à cette revanche qu'elle vient de prendre sur l'Homme.

Victor souhaite la revoir. Elle sait qu'il cherchera encore à la dompter. À la faire plier. Elle pourrait choisir de fuir. Elle n'en fera rien. Elle choisit de s'incarner dans cette puissance qu'elle a goûtée. Elle choisit cette assurance, qu'elle a faite sienne aujourd'hui. Elle reverra Victor, Dominique, ceux qui se présenteront sur sa route. Elle veut le pouvoir à son tour. Et l'enveloppe dans son sac finit de la convaincre.

Dans ce taxi qui la ramène à sa vie, Vaira décide qu'elle sera cette Femme : sauvage, belle, souveraine.

3

Emma s'assoit lourdement sur la chaise. Elle masse ses pieds fatigués, libère la tension qui s'est accumulée pendant le service.
— Tu fais quoi ce soir ? Je sors boire un verre avec Lucille, tu viens ? Ça sera l'occasion de te la présenter !
— Pourquoi pas.
Je regarde la montre épinglée à ma poche.
— Mais pas tard alors. C'est ma dernière soirée avant de récupérer Valentin et je suis déjà KO.

Je plaque une main sur ma bouche.
— Zut ! Je ne suis pas passée voir la nouvelle, je lui avais promis.
— Laisse tomber, tu verras ça demain.
— Non non, c'est important.
Emma lève les yeux au ciel dans un soupir, hausse les épaules, résignée.
— Comme tu veux. Vingt heures au CAP'S ?
— Ça marche. À tout à l'heure.

Je repasse la porte du vestiaire, toujours vêtue de ma blouse blanche. Je marche à vitesse lente pour mieux m'imprégner de l'atmosphère de l'hôpital maintenant que je ne suis plus en charge de mes patients. J'observe les visages des familles dans les couloirs, soucieux souvent. Je leur adresse un sourire, un regard bienveillant, pour éclairer autant que possible leur présence dans cet endroit, qu'eux n'ont pas choisi. Je croise un petit garçon qui court et se lance dans des glissades acrobatiques sur le lino beige. Son rire résonne contre les murs, comme un rappel à la vie.

Je frappe doucement sous le numéro 223. Une voix, lasse, voilée de mélancolie :
— Entrez.

À ma vue, le visage de Madame Schmidt s'illumine. La voix plus claire cette fois :
— Oh c'est vous.

Je ferme doucement la porte de la chambre. Je m'approche du lit médicalisé, attrape la chaise en plastique bleue à côté de la table sur laquelle est posée une compote et un biscuit.
— Vous n'avez pas faim ?
La vieille dame secoue la tête.
— Non, merci. Je n'ai déjà pas un grand appétit et être ici…
Madame Schmidt parcourt la pièce des yeux tristement.
— Ça n'aide pas.
— Je comprends.

Je pose ma main sur le bras menu, perdu sur le drap blanc et défraichi. La peau est sèche, usée par le temps. Des petits plis parcourent toute la longueur jusqu'à l'épaule, qu'on aperçoit sous la chemise d'hôpital.

— Je n'ai pas croisé l'interne avant d'entrer dans votre chambre. Que vous a-t-il dit ?
— Ils veulent encore me garder en observation cette nuit. Un de vos collègues doit passer me faire une prise de sang. En fonction des résultats, ils me laisseront sortir demain. Ou pas.

Madame Schmidt soupire bruyamment.
— Vous savez, si je reste ici, je vais tomber malade, c'est sûr ! Je suis mieux chez moi, avec mes chats.
— Et votre tapis !
La vieille dame a un petit rire.
— Oui avec mon tapis – mes tapis d'ailleurs !
— Plusieurs coupables potentiels alors.

Je lui fais un clin d'œil : une façon de créer un lien, un espace de partage où le patient peut venir se reposer, se confier.
— J'ai du temps devant moi, vous me racontez ?

Madame Schmidt me regarde avec reconnaissance. Elle se doute qu'à cette heure de la journée, je pourrais rentrer chez moi. Sur ses traits, je lis sa curiosité, son envie de savoir pourquoi je suis là, avec elle, au lieu de retrouver ma famille ou mes amis. Et en même temps, je comprends qu'elle est heureuse d'avoir de la compagnie dans ce lieu si déprimant pour elle.
Elle se confie :
— J'ai ramené mes tapis d'Afrique principalement. J'y ai passé une bonne partie de ma vie. Mais pas seulement, je suis allée en Inde et en Amérique du Sud.
— Pour votre travail ?
— Oui. J'étouffais en France, il fallait que je bouge ! J'ai grandi dans un tout petit village de Normandie. J'en ai vite eu fait le tour. Et puis je voulais contribuer à la Vie.

La vieille dame me fixe.
— Comme vous.

Je sursaute légèrement. Ses prunelles bleues presque translucides me détaillent avec attention. Je me sens déstabilisée par ce regard à la fois curieux et sage, comme s'il pouvait plonger au fond de mon âme. Je déglutis, tousse une ou deux fois pour masquer ma gêne.
— Je fais de mon mieux. Et en quoi consistait votre travail Madame Schmidt ?
— Mon travail ?

Attendrie par ma curiosité, la vieille dame poursuit :
— J'ai travaillé dans plusieurs associations pour aider à mettre en place ou à améliorer des écoles. Je pense que la connaissance est la meilleure façon de goûter à la liberté et je voulais que ces enfants y aient accès dans la mesure du possible. Surtout les jeunes filles.
— C'est très beau.
— C'était mon chemin.

Un temps.
— Mais j'aurais espéré qu'il ne me mène pas ici ! À moins qu'il ne m'ait menée à vous. C'est une éventualité, l'Univers est taquin.

Je souris. Sa répartie est une merveille. Je suis toujours surprise de constater chez certaines personnes âgées une force d'âme fougueuse, comme si elles avaient trouvé au fond d'elles-mêmes le secret de la jeunesse éternelle de la psyché.
— Je vous avoue, je suis plutôt fâchée avec l'Univers. Bien qu'Il ait peut-être ses raisons.
— J'ai lu un livre qui disait ceci : « Mais parfois, il faut que des mauvaises choses arrivent pour que les bonnes s'accomplissent. »

Je n'arrive pas à masquer l'effet de ses dernières paroles sur mon visage : la lutte, profonde, la recherche de sens. Sous son regard compatissant, ma mâchoire se crispe, je sens les tendons apparaître sous la peau de mes joues. Derrière mes yeux vagues, des souvenirs, douloureux. Madame Schmidt esquisse un geste – qu'elle retient. Je devine son besoin de me prendre dans ses bras, pour faire revenir la douceur sur mes traits tendus. À la place, elle pose une main ridée sur la main que j'ai laissée sur son bras.
— Excusez-moi, je ne voulais pas vous blesser avec mes théories d'ancêtre au bord de la tombe.

Je reviens à moi et peu à peu le sang remonte à mes joues. Mes lèvres ébauchent un sourire. Mon regard se fait de nouveau présent.
— Plutôt que « au bord de la tombe », vous devriez dire « au bord du tapis » !

Ensemble nous éclatons d'un rire franc, la tension s'est dissipée. La lumière vive du soleil descendant brille à travers la fenêtre de la chambre, éclaire la vieille femme, lui donnant un air mystique.

— Je vais devoir y aller Madame Schmidt. Je repasse vous voir demain pour connaître les résultats. Vous avez besoin que je prévienne quelqu'un que vous êtes ici ?
— Non personne. Et mes chats ne savent pas encore répondre au téléphone.
— Vous avez quelqu'un pour s'occuper d'eux ?
— Ma voisine. Je lui ai dit que je viendrai la voir quand je serai revenue. Elle me racontera comment ils se sont comportés – et s'ils lui ont griffé les mollets.

Nous ricanons.
— D'accord. Reposez-vous bien Madame Schmidt. À demain.
— À demain mademoiselle.

Spontanément, je réponds :
— Vous pouvez m'appeler Véro.

Madame Schmidt me regarde intriguée.
— Véro tout court ?

Je la fixe avec intensité, comme si quelque chose se jouait.
Quelques secondes s'égrènent dans le silence.
— Véro tout court.

☙

Le CAP'S est le bar populaire du moment. Les étudiants s'y retrouvent pour arroser leurs soirées de bières de toutes sortes. L'établissement dispose en effet sur ses étagères de tout un assortiment de bouteilles venant de diverses régions de France, ainsi que de Belgique, d'Allemagne, d'Irlande. Ils ont aussi un choix impressionnant à la tireuse, dont les robinets s'alignent sur le bar en chêne sombre. L'ambiance est chaleureuse : on y entend des rires, des conversations à bâtons rompus, ponctuées par des commandes hurlées au barman pour couvrir le bruit.

Emma est installée à une table, placée de façon à observer l'entrée. Elle sirote son verre, écoutant distraitement sa compagne assise en face d'elle. Elle jette de temps en temps un coup d'œil vers l'extérieur, Véro ne devrait plus tarder.

La jeune aide-soignante a du mal à se concentrer sur la conversation. Elle s'inquiète de plus en plus pour son amie avec qui elle partage ses journées de travail. Elle sait combien la vie de Véro peut être lourde à porter.
Un fils qu'elle élève seule une semaine sur deux, et qui lui manque tout le temps qu'il est chez son père.
Un métier dédié aux autres, et qu'elle a choisi d'exercer auprès de ceux qui partent.
La mort qui les entoure au quotidien, sa capacité à éclairer ces âmes qu'elle accompagne jusqu'à la fin.
Son attachement pour certains, qui la brise quand leur moment est venu.

Emma ne compte plus les larmes qui ont coulé sur les joues de Véro depuis qu'elle la connaît. Elle, elle prend sa vie avec plus de légèreté. Elle fait son travail sérieusement, mais érige autant qu'elle peut une barrière émotionnelle qui la protège. Elle aime sortir, s'amuser, et profiter.

Elle fronce son nez, ce qui déclenche un rire chez la jeune fille en face d'elle.

— Dis donc, Emma, t'es sûre que tu m'écoutes ?
— Hein ? Pas trop non !

Emma caresse la joue de sa compagne. Elle se penche pour glisser un baiser léger sur ses lèvres.

— Excuse-moi ma douce, je pensais à Véro.
— Il se pourrait que je sois jalouse à force.
— Tu sais bien que je n'ai d'yeux que pour toi.
— Oui, parce que tu ne peux pas avoir d'yeux pour elle !
— C'est pas faux.

Elles rient. Leur relation est récente, elles s'en réjouissent comme d'un présent. Elles acceptent le mouvement du monde qui les embarque tantôt dans une histoire, tantôt dans une autre, pour une semaine, un mois, une vie.

— Ah la voilà !

☙

Je repère la tête blonde et hirsute d'Emma à travers la vitre du CAP'S. Je la vois embrasser une silhouette brune, je souris amusée – envieuse peut-être. Parfois, j'ai le sentiment d'être vieille prématurément, comme si je ne pouvais pas comprendre la liberté des jeunes d'aujourd'hui, leur facilité à vivre, à être, tout simplement.
— Je vous rejoins ! Je vais récupérer une bière.

Je me fraie un chemin entre les étudiants agglutinés devant le bar. Mon corps est pressé par une épaule dans mon dos, un coude dans mon ventre. Je garde en point de mire le barman qui lave un verre, le retourne dans sa main d'un geste adroit et le pose sous le robinet d'une tireuse.

— Bonsoir ! Une Chouffe à la cerise s'il vous plaît !
— Une Chouffe Cherry ! Ça marche !
Je récupère le verre sur le comptoir en échange de ma carte bleue. Je soupire de devoir retraverser la mer de visages devant moi. Le sourire mutin d'Emma me donne du courage.

— Bon les filles, j'ai passé l'âge. La prochaine fois, on ira boire un Earl Grey au salon de thé !
— T'as fini de râler ma vieille !
— J'attends de t'y voir toi à trente-trois ans ! L'âge du Christ sur la croix, c'est dire que ça ne présage rien de bon !
Nous nous esclaffons toutes les trois.
— Ma douce, je te présente Véro, ma râleuse préférée. Véro, ma douce.
— C'est Lucille ! Salut Véro.

La compagne d'Emma est radieuse, tout en elle dégage une fraîcheur juvénile. Ses traits ont encore quelques rondeurs de l'enfance, la profondeur de ses yeux noirs contraste avec ses lèvres rouges et charnues, ses petites dents blanches tranchent sur sa peau caramel. Ses boucles désordonnées rajoutent encore à la folie joyeuse qui émane d'elle.

— Merci de me sortir les filles.
— Ça allait ta petite mamie ?
— Oui, elle était contente que je vienne la voir. Et puis nous avons parlé de ses voyages, ça me change de l'hôpital ! Et toi, tu fais quoi Lucille ?
— Moi ?

Rire un brin crispé.

— Pas grand-chose à dire vrai. Je me cherche un peu. J'avais commencé des études de lettres mais j'ai abandonné. Pas le déclic. J'enchaîne les petits boulots, je fais des essais. J'expérimente la vie, quoi !
— Ça te dirait d'expérimenter un préado en sixième ?
— Dans quel sens ?

Lucille me fait les gros yeux dans une moue adorable. Nous pouffons ensemble. Je reprends :

— Comme j'ai des horaires irréguliers avec l'hôpital, je suis à la recherche de baby-sitters pour mon fils. Ça te dirait de le rencontrer pour voir si ça matche ? Enfin si tu as le temps et si ça te dit bien sûr.
— Ça me dit ! Je suis plutôt dispo en ce moment.
— Super ! Je le récupère demain soir pour une semaine. On tente ce weekend ?
— Yes !

Lucille et moi échangeons nos numéros que nous enregistrons sur nos portables.

Mon amie nous regarde amusée. Elle se doutait que le courant passerait entre nous, et je constate qu'elle est fière de son petit stratagème. J'ai conscience qu'elle essaie de contribuer comme elle peut à simplifier ma vie. J'aime le regard mutin qu'elle pose sur le monde qui l'entoure. À son contact, je retrouve la saveur oubliée de la légèreté.

Emma picore Lucille des yeux. L'aider aussi, à trouver sa place quelques temps, c'est une dose de bonheur en plus qu'elle infuse auprès des personnes qu'elle aime.

Je la vois poser la main gauche sur sa poitrine, signe que son cœur s'emplit de joie – sa façon à elle de remercier la Vie.

*

Je range l'appartement pour m'occuper les mains et l'esprit. Je ne peux pas m'empêcher d'être fébrile quand arrive le moment de retrouver mon fils. Je me demande si je vais le trouver changé, grandi. Va-t-il se précipiter vers moi ou garder cette distance que les adolescents s'appliquent à mettre pour montrer qu'ils deviennent indépendants ? Mon cœur se serre d'appréhension, avec ces questions que je sais stupides : « Et si mon fils m'aimait moins ? », « Et s'il voulait aller vivre à temps plein chez son père ? », « Et si… ? ».

Pour tout ce qui concerne Valentin, je n'arrive pas à garder mon calme. J'ai ressenti ce stress dès le premier jour où j'ai compris que j'étais enceinte. Parce que ce bébé que je portais, j'allais l'élever seule. Rien de dramatique, une histoire simple.

Il s'agit de Benoît, une aimable erreur de parcours. Nous nous connaissions depuis quelques mois. Nous avons fait l'amour sans nous protéger, pour jouer avec la vie, et c'est Valentin qui a pointé le bout de son nez. Pendant ma grossesse, nous sommes tombés d'accord pour que je garde Val à temps plein. Benoît était content de s'occuper de son fils chez moi, ça lui évitait de changer ses habitudes. Et j'ai pu commencer à travailler à l'hôpital, soutenue par le chef de service qui me permettait d'avoir des horaires compatibles avec la nounou. Benoît gérait les quelques nuits qui tombaient dans le mois. Puis Valentin a grandi, le docteur R. est parti à la retraite, les horaires au CHU ont changé – et c'est devenu ingérable.

Val est content d'être maintenant une semaine sur deux avec son père. Pour moi, c'est encore compliqué d'être loin de mon fils. Ne pas sentir son odeur, ses câlins quand il vient me rejoindre en sautant sur mon lit. Le vide, lorsque je n'entends plus les bruits de sa présence : un lego qui claque sur le sol, un soupir de dépit, un éclat de rire de satisfaction, un « Maman ! Tu te lèves ? ».

L'amour d'un fils. L'amour d'un enfant. Un cadeau que l'on aime ouvrir tous les matins.

Alors oui, là, mon cœur tambourine d'impatience de retrouver mon Val.

La porte d'entrée claque. Quelques pas sur le parquet. Un sac jeté par terre. Et une voix aux modulations devenues instables.
— Salut M'man !

Je contrôle mes pas pour que Valentin n'entende pas ma fébrilité, ralentis ma respiration pour calmer mes battements cardiaques. Quand j'arrive dans la cuisine, je vois une tête blonde qui fouille dans le placard à la recherche d'un gâteau à avaler. L'appétit de mon jeune adolescent continue de me surprendre.
— Salut mon bonhomme !

La lumière dans le sourire de mon fils m'apaise instantanément. Je lis la joie des retrouvailles, la complicité intense, la tendresse infinie. En moi, le bonheur de le revoir, la chaleur dans mon ventre, la douleur du vide qui se dissipe peu à peu.
— Tu as passé une bonne semaine chez papa ?
— Oui. Bien.
Réponse la bouche pleine, laconique.
— Et je peux avoir un câlin Morfalou ?
— Mamaaaan.

Je ris. Je m'approche de mon fils, profite de l'odeur de ses cheveux que je peux encore sentir tant qu'il est plus petit que moi. Plus pour longtemps. J'ouvre grands les bras. Val me regarde, amusé, et vient se blottir contre mon corps. La douceur de notre étreinte vient nous nourrir, nos tensions disparaissent, l'amour vient soigner toutes les petites blessures accumulées des derniers temps.

Valentin se dégage, le petit homme reprend son indifférence calculée.
— On fait quoi ce weekend ?
— Pour l'instant rien de précis. J'ai quelqu'un à te présenter.
Regard noir.
— Une fille !
Regard étonné.
— J'ai rencontré une copine d'Emma, super sympa. Je me dis qu'elle pourrait faire partie de notre réseau de baby-sitters. Ça te dit qu'elle passe ? Elle s'appelle Lucille.
Sourire moqueur de l'adolescent.
— Je me disais aussi. Quand ?
— Quand ça nous va. Elle est plutôt disponible, ça pourrait nous aider, j'ai des gardes mal placées cette semaine.

Val se fait plus sérieux.
— Maman ? Je sais qu'on en a déjà parlé, mais pourquoi tu restes à l'hôpital ? Tu pourrais travailler dans un cabinet d'infirmières libérales. Je suis sûr qu'il y en a des sympas !

Soupir. Mon fils possède une acuité sur la vie étonnante pour un enfant de onze ans. Grandir entouré d'adultes a dû renforcer cette capacité chez lui. Parfois je sens les conflits à l'intérieur de mon petit homme, entre l'enfant qui veut encore s'exprimer et le jeune adulte qui veut prendre sa place.
— J'appréhende le changement de vie mon fils. Le salaire instable, l'organisation à gérer. Les patients auxquels je risque de m'attacher encore plus qu'à l'hôpital. Ça me fait peur je crois.

Valentin me regarde avec attention. Il sonde mon visage, y cherche les traces de mes traumas passés.
— Maman, j'ai confiance en toi tu sais.
Sa voix est étonnamment posée, mûre.
— Je crois qu'il est temps.

4

L'enveloppe est ouverte. Les billets sont posés sur une commode anglaise en acajou. Vaira calcule de tête la somme disposée devant elle. Quand elle en réalise le montant, son cœur se met à cogner plus fort dans sa poitrine. Les émotions se bousculent dans son corps, violentes.
La nausée la prend à la gorge : honte, dégoût, haine.
De ces hommes, qui ont fait d'elle ce qu'elle est aujourd'hui.
D'elle, qui accepte cette situation – et qui en joui.

Elle lève les yeux : le miroir accroché sur le mur vert pastel de la chambre d'hôtel lui renvoie son image, encadrée de dorures. Elle reconnaît à peine cette femme au regard dur, cette chevelure rousse qui fait ressortir la blancheur de sa peau. De légères taches de rousseur constellent les ailes de son nez fin, jusque vers ses pommettes.
Elle se regarde fixement, cherche à déceler cette force dans ses traits, la retrouve enfin. Elle prend une inspiration profonde, fait monter l'énergie depuis son ventre vers sa poitrine. Elle se

redresse, déglutit pour faire passer la sensation qui obstrue sa gorge. Elle a choisi. Elle a besoin de se connaître encore. Elle veut continuer à explorer ses parts sombres maintenant qu'elle y a goûté.

Vaira porte une robe en lin bleu nuit. Ses épaules sont à demi-couvertes, elle a passé ses longues jambes dans une paire de collants qui assombrit sa peau. Elle enfile une veste beige pour se protéger de la fraîcheur de cette matinée d'automne. Dans la glace du placard de l'entrée, elle jette un coup d'œil à son reflet. Elle s'est apprêtée juste assez pour justifier sa présence dans des magasins de luxe, sans trop attirer l'attention. La jeune femme rassemble les billets, les glisse dans une pochette en cuir marron clair, qu'elle garde à la main, puis sort de la chambre.
Vaira traverse le couloir de l'hôtel dans une ambiance ouatée. Les sons sont atténués par les boiseries aux murs, ses ballerines sont silencieuses sur la moquette vert bouteille. Elle rejoint d'un pas rapide l'ascenseur qui la dépose au rez-de-chaussée.

Ce matin, la lumière est douce, à peine voilée par les nuages. La jeune femme respire pleinement l'air de la rue, moins pollué à cette période. L'hôtel est situé dans le quartier huppé de la ville. Elle a décidé d'aller dépenser en tenues hors de prix ce qu'elle a gagné avec son corps. Elle sourit quand elle pense à Julia Roberts dans *Pretty Woman*. Sauf qu'elle, Vaira, a la liberté de gérer sa vie comme elle l'entend.

Elle sait qui elle est devenue depuis ce jour où elle a accepté l'argent de Dominique : une Escort Girl. De luxe, pas de celles qu'on ramasse sur un trottoir. Une femme qui décide d'exercer son pouvoir sur l'Homme, qui goûte chaque nouvelle expérience qui s'offre à elle. Une femme qui sait quand dire oui – et non. Une femme indomptée.

*

Le tintement de la clochette indique à la vendeuse qu'une cliente est entrée. Vaira surprend le coup d'œil expert qu'elle pose sur sa silhouette : un corps souple, ferme, des muscles fins dessinés sur les jambes qui dépassent de sa robe bleue.

Une voix grave résonne :

— Bonjour Madame, bienvenue. Si vous souhaitez des conseils, je suis à votre disposition.

La jeune femme sourit. Elle apprécie la réserve de la gérante qui ne s'impose pas a priori.

— Bonjour. Je suis à la recherche de lingerie qui ne tracerait pas sous des vêtements près du corps. Il faudrait que ce soit sexy, sans être vulgaire.

La gérante hoche la tête, soutient son regard.

— Si vous choisissez de la dentelle, elle risque de se voir sous des tissus très fluides. Je vous conseille de prendre plusieurs parures, une seule risque de ne pas répondre à vos besoins. À minima une en dentelle fine, très ajustée pour limiter au maximum les marques. Et une autre en microfibre pour les vêtements qui ne pardonnent pas les surépaisseurs.

— Merci beaucoup. Je prends note. Je vais d'abord regarder ce que vous avez en rayon. Je peux vous solliciter ensuite ?

— Mais bien sûr. N'hésitez pas !

Vaira prend le temps de découvrir le magasin. La lingerie est classée par couleurs, du plus clair au plus sombre, suspendue sur des tringles en métal le long des murs jusqu'au fond de la boutique.

Elle a l'impression d'arpenter un chemin vers elle-même, de la lumière vers l'ombre.

La jeune femme prend le temps de s'imprégner des teintes, des tissus, des formes. Elle projette mentalement le rendu sur sa peau. Avec sa carnation, elle sait qu'elle doit tabler sur des couleurs vives – ou sombres. Elle choisit une parure de dentelle, d'un vert foncé presque bleu, qui lui rappelle la teinte des forêts de cèdres de l'Atlas. Elle se décide pour une autre parure noire dite « invisible » par la marque.

Au milieu de la cabine d'essayage, elle détaille dans le miroir l'effet des sous-vêtements sur son corps. Elle veut se sentir belle, que la vue de ses formes en valeur déclenche en elle de la lasciveté. Elle veut éprouver d'abord du désir, seule. Elle le partagera plus tard.

La seconde parure est plutôt décevante. Pourquoi ne créent-ils pas de « l'invisible » sexy ? Cette injonction sociale l'agace : sois laide et invisible ou sexy et tape-à-l'œil. Elle refuse d'entrer dans ce système. Elle veut être discrètement provocante. Insolemment réservée. Elle veut incarner cette dualité, changer le regard du monde sur la Femme.

— Excusez-moi, je peux vous demander de l'aide ?
La gérante s'approche de la cabine.
— Dites-moi Madame.
Vaira passe la tête par le rideau.
— Vous n'auriez pas un modèle « invisible » avec une autre coupe de soutien-gorge ? Je trouve celui-ci trop… simple.
— Je vais voir ce que j'ai reçu à l'arrière-boutique, je n'ai pas encore déballé toute la nouvelle collection. Si vous pouvez patienter, je reviens dans quelques minutes.

La jeune femme se saisit de ce moment de pause. Elle prend une grande inspiration en conscience, ressent l'air qui entre dans ses poumons, puis sort, emportant avec lui quelques tensions.

Elle réfléchit à la façon dont elle va organiser sa journée – et sa soirée. Pour l'instant elle n'a pas pris de rendez-vous. Elle souhaite laisser le hasard opérer sa magie. Elle compte se rendre de nouveau au Link, elle s'y sent bien. À l'abri. La clientèle y est plutôt sobre, aisée, Vaira sait qu'elle n'y fera pas de mauvaises rencontres. Pour les moments intimes, elle ira à l'hôtel. Celui que l'homme choisira – ou le sien.

Les instants passés avec Dominique lui reviennent en mémoire. Son regard bleu acier posé sur son corps pendant qu'elle ôtait sa robe. Sa voix qui la guidait, l'aidait à prendre place dans cette scène, nouvelle pour elle. Obéir au désir, aux injonctions de la chair. Elle se remémore le contact de ses genoux avec le drap froid, le contraste de température sur ses cuisses collées à la peau brûlante de l'homme. Elle sent de nouveau les mains puissantes agrippées à ses fesses, imprimant le mouvement.
Soupir.

— Madame ? Tenez, j'ai trouvé ceci. Je pense que le 85C tombera bien sur votre poitrine.

Le rideau s'écarte sur une main tenant un soutien-gorge noir, tendu devant elle.

— Merci beaucoup.

Vaira saisit le nouveau modèle. Le tissu est lisse, sans coutures apparentes au niveau de la bretelle. La finition est ajourée sur les bords du bonnet, un peu plus travaillée, moins classique. Elle enfile la parure, ajuste ses seins dans le balconnet. Elle s'observe dans la glace. Son buste se soulève au rythme de sa respiration ample. Le dessin sur sa peau est harmonieux, souligne la courbe de ses formes.

— Il tombe en effet très bien, je vous remercie.
— Il vous fallait autre chose ?

— Je vais prendre le tanga assorti, en 38.
— Je vous l'apporte de suite.

La gérante revient quelques secondes plus tard. Vaira passe le sous-vêtement par-dessus celui qu'elle porte. Le résultat final est à la hauteur de ses attentes. Elle aime que le tissu sombre tranche sur sa peau claire, fasse ressortir le grain de beauté qu'elle porte près de l'aisselle.

— C'est parfait.
— Tant mieux. Je vous laisse vous rhabiller, je vous attends à la caisse.

Vaira prend le temps de se vêtir. Elle veut profiter de cette journée qu'elle s'accorde. Aujourd'hui le temps aussi est un luxe que la plupart des gens ne peuvent plus s'offrir. Elle se félicite de sa démarche, se célèbre pour imprimer ce souvenir dans sa mémoire.

La gérante l'accueille au comptoir. Elle emballe dans du papier de soie bleu chacune des parures avec des gestes patients, comme s'il s'agissait d'un trésor. Puis elle annonce le prix. Vaira sort le montant correspondant en liquide. Elle intercepte le regard surpris de la vendeuse qui garde les lèvres scellées, discrète.

— Je vous remercie.
— Au revoir Madame, je vous souhaite une bonne journée.
— À vous aussi.

Vaira sent le regard de la gérante l'accompagner jusqu'à la porte, et encore dans son dos quand elle amorce son pas vers la boutique suivante.

*

Le son de la musique est assourdissant. Les clients du bar se parlent de si près qu'ils semblent sur le point de s'embrasser. Les lampes de couleur ont des mouvements saccadés, les rayons éclairent de façon discontinue la pièce, créant un effet stroboscopique. Les corps sur la piste de danse s'agitent, chaloupent, ondulent. Les visages ont parfois les yeux fermés, une expression d'extase qui se dessine sur les lèvres. Les émanations des fumigènes mêlées aux effluves corporelles piquent la gorge, laissent une légère amertume sur la langue.

Vaira laisse errer son regard sur la clientèle de l'établissement, repère les hommes seuls, de préférence. Elle croise son image dans le miroir immense fixé au mur, légèrement incliné pour donner une impression de profondeur. Ce soir, elle a relevé ses cheveux roux, dégagé sa nuque. Une robe de soie vert sombre dessine la forme de sa poitrine, remonte harmonieusement vers son cou dans un col Mao, s'ouvre sur le haut de son dos nu. Elle frotte légèrement ses jambes l'une contre l'autre pour sentir sur ses cuisses le contact des bas. La couture noire qui court le long de sa jambe se devine à travers la fente de sa robe qui remonte jusque sous le genou.

Elle s'approche du barman qui commence à la connaître. Il baisse la tête en signe de bienvenue.

— Une coupe de champagne s'il vous plaît.

Sa voix se perd dans le brouhaha. Une légère pellicule de buée se forme sur le verre que le serveur a posé devant elle. Elle porte la coupe à ses lèvres, les bulles éclaboussent de gouttelettes microscopiques l'ourlet de sa bouche. La saveur du liquide est fruitée, légèrement acidulée. Elle apprécie le picotement dans sa gorge.

Quelques mètres plus loin, un homme est accoudé au comptoir.

Vaira l'observe un moment du coin de l'œil. Il a des gestes lents, lascifs, comme pour tromper son ennui. Il se contemple dans la glace, narcissique, prêtant peu d'attention à ce qui l'entoure. Il semble avoir la petite quarantaine, de légères pattes d'oie autour de ses yeux sont visibles depuis le tabouret où est assise la jeune femme. Une barbe entretenue marque ses joues et son menton, fait ressortir le carmin de sa bouche. La nuque est puissante, on voit le dessin des épaules à travers le tissu de la chemise blanche que l'homme a relevée aux manches, laissant négligemment apparaître les muscles de ses avant-bras.

Vaira décide de venir l'aborder, de pénétrer la barrière invisible qu'il a établie, isolé dans son arrogance. Elle sent la chaleur rosir ses pommettes, les sueurs froides qui lui descendent dans le dos. Elle boit une gorgée de champagne et, son verre à la main, avance lentement vers l'homme.

Il la voit se diriger vers lui dans le miroir. Les lumières viennent effleurer sa peau, jouent à étoiler ses cheveux roux qui font ressortir la blancheur de ses traits. La jeune femme fixe ses mains tenant le verre de gin tonic qu'il sirote depuis son arrivée. Au ralenti, elle s'ouvre un passage jusqu'à lui.

Soudain, elle est là. Il sent l'odeur entêtante de son parfum. Il la voit lever les yeux vers lui.

— Bonsoir.

Son timbre est légèrement rauque, voilé, profond. Et qui attise la curiosité de l'homme. Il tourne la tête vers elle. L'intensité qui émane de sa présence le saisit. Il se racle discrètement la gorge.

— Bonsoir.

— Je vous dérange ?

— Est-ce que cela vous importe vraiment ?

Vaira sourit.

— Non en effet. J'avais seulement envie de vous aborder. De vous bousculer aussi.

— C'est réussi. Votre franchise risque de m'achever !

— Vous achever ? Quel dommage. J'aurais espéré davantage d'endurance de votre part.

La témérité de la jeune femme et ses insinuations augmentent la tension qui s'est rapidement installée entre eux. L'homme la détaille plus avant.

La robe est parfaitement ajustée à son corps, ses lèvres sont pleines. Son cou blanc est mis en valeur par la coiffure qui retient ses cheveux dans un chignon élégant.

La jeune femme se laisse observer. Elle sent comme une caresse chaque regard que l'homme pose sur elle. Un sourire malicieux vient éclairer son visage.

— Je m'appelle Vaira.

Ils se fixent. Un combat visuel s'engage. L'homme est hypnotisé par ces prunelles qui brillent d'un feu puissant. Ses pensées se bousculent.

Qui est-elle ? Pourquoi lui ? Pourquoi se sent-il si irrésistiblement attiré ?

Que se cache-t-il derrière ce jeu de séduction ?

Il veut des réponses. Il veut faire céder ce regard. Il la veut.

La voix de la jeune femme, légèrement rocailleuse, s'élève dans le bruit ambiant.

— Je serai à vous. Mais pas sans conditions.

*

La chambre d'hôtel est le reflet de la nuit de Vaira. Chaotique. La jeune femme s'éveille engourdie, moulue. L'homme est reparti au milieu de la nuit. Il a déposé sur la table de l'entrée sa part du contrat, qu'ils ont passé avant de venir ici. Elle se frotte les poignets, douloureux. La trace du tissu qui les a enserrés est encore bien présente. Son corps arqué de désir a tiré fort sur les liens que l'homme avait patiemment passés autour de ses mains.

Vaira fait l'inventaire de sa peau. Une morsure superficielle à l'épaule, une empreinte rouge sur le haut de sa cuisse qui chauffe encore. Quelques ecchymoses par-ci par-là. Elle va devoir attendre pour sa prochaine soirée, le temps que les marques de sa nuit cicatrisent.

La jeune femme savoure cet instant de relaxation, la tête posée sur l'oreiller douillet, les yeux au plafond. Son corps courbatu se détend dans la chaleur des draps. Elle respire profondément. Elle respire la vie, elle respire le plaisir, elle respire la satiété. Le temps de cette soirée, le vide a disparu.

L'homme d'abord surpris a vite été séduit par la proposition de Vaira. Être à l'écoute des désirs cachés, des fantasmes jamais formulés.

Pour elle, le délice de ne plus rien contrôler sur l'instant, dans un cadre clair qu'elle a posé dès le départ.

La jeune femme réalise que jusqu'à maintenant elle a eu de la chance. Mais il est temps qu'elle réfléchisse aux modalités de sa nouvelle activité pour limiter les risques.

Elle ne veut que très peu de clients. Elle sait qu'elle peut compter sur Dominique pour la recommander et qu'il ne lui enverra que des hommes de confiance, comme il l'a fait pour Victor.

Pour ses rencontres nocturnes, elle souhaite éviter de faire comme avec l'homme qu'elle a ramené à son hôtel. Plutôt proposer un rendez-vous en journée, pour établir les limites de sa prestation. Une carte de visite glissée discrètement dans une poche, sous un verre ou au creux de la main, lors de son jeu de séduction.

L'idée d'un espace dédié à ses ébats s'ébauche dans sa tête. Vaira imagine une pièce aux couleurs envoutantes, évocatrice de l'érotisme à venir. Un lit aux courbures de métal doré, recouvert de satin rouge, appelant la sensualité. Un tapis laiteux à poils longs et doux, moelleux. Une musique en fond, pour couvrir les cris. Un cocon de lascivité. Elle se plaît à imaginer s'y mouvoir, y être elle-même, totalement.

Elle se voit accueillir, en maîtresse des lieux, ces hommes qu'elle aura sous son pouvoir. Elle s'y sent déjà puissante, reine de ses nuits.

Un sourire de sérénité naît sur les lèvres de la jeune femme. Ce plan dans sa tête qui s'amorce, ce sont les retrouvailles avec l'autonomie, avec une certaine sécurité, qu'elle n'a plus ressentie depuis… Elle réprime la violence de ses souvenirs. Non, pas ici et pas maintenant. Parce qu'elle aussi a droit à la paix. Peu importe la forme qu'elle va prendre et comment. Juste… la Paix.

Vaira s'arrache à la tiédeur du lit. Elle se dirige vers la salle de bain aux parois de verre, comme un aquarium géant installé dans la chambre. Au sol, le carrelage glacé la fait frissonner. Elle se contemple dans le miroir de plein pied, nue. La courbe de ses seins, la rondeur de ses hanches, le petit renflement de son ventre. Les réminiscences de sa folie.

L'eau brûlante ruisselle sur son corps endolori. Elle se caresse, apprivoise ses souvenirs. Ses doigts glissent entre ses lèvres moites, encore gonflées de ses ébats avec l'homme. Elle gémit doucement du plaisir qui monte, l'étreint. Elle joue avec les vagues de son envie, suspend son mouvement pour ralentir le moment de la jouissance. Elle appuie sa main libre sur la paroi froide, se tend sous le désir. Sa respiration se coupe. L'extase lui arrache un cri et la laisse pantelante, repue.

*

Une enveloppe l'attend dans sa boîte aux lettres.
En haut à gauche, le logo de l'imprimerie. Elle tâte le contenu, impatiente de découvrir le résultat de son travail. Une fois installée à sa table, Vaira extrait de l'emballage une boîte noire. Simple, sobre. Déjà, le packaging lui-même est réussi. Elle enlève le couvercle qu'elle pose sur le napperon de dentelle. Le brillant du papier miroite sous la lumière. La jeune femme saisit un des éléments du paquet, frotte son pouce sur l'objet pour en éprouver la matière. Le rendu est encore mieux que ce qu'elle a conçu sur son ordinateur.

La carte de visite est un petit rectangle noir épais dont la tranche est argentée. Sur la face qu'elle découvre, un V en relief occupe la partie droite. Il est de la même couleur argent que le pourtour du rectangle et imprimé d'une police élégante. Vaira retourne la carte entre ses doigts. Un numéro de téléphone.
Avec son index, elle suit le sillon dans le carton, parcourt chaque chiffre, un à un. Elle imagine composer ce numéro, comme hypnotisée, chaque nombre martelant son esprit, implacable.

Son cœur se met à battre, s'affole dans sa poitrine. Ce numéro, c'est le sien. Celui qui la relie à cette vie. Cette vie de femme qui séduit des hommes. Des hommes qui paient pour obtenir son corps. Son corps qui tressaille quand la sonnerie de son portable retentit.

— Oui allô ?

Sa gorge est serrée, elle a du mal à déglutir, sa voix n'est qu'un mince filet.

— Allô ? Madame ? C'est l'agence immobilière. Vous avez demandé à visiter un bien.

Les battements cardiaques s'apaisent peu à peu.

— Oui oui en effet.

Le son qui sort de sa bouche est plus grave. La voix dans le téléphone reprend :

— Avant toute chose, je souhaiterais vous poser quelques questions. Nos clients souhaitent avoir des garanties, j'espère que vous comprenez.

— Vous voulez parler de ma situation financière ?

L'autre voix, embarrassée.

— Oui, enfin, être sûre que vous répondrez aux critères.

— J'ai largement de quoi payer le loyer, je peux même faire une avance de plusieurs mois si cela vous rassure.

— Oh ce n'est pas moi qu'il faut rassurer Madame, ce sont les propriétaires !

Vaira commence à s'agacer. Cette femme n'est pas franche.

— Et vos propriétaires, ils ont besoin de quoi ?

Silence embarrassé.

— Ils souhaitent que vous ayez un garant. Que quelqu'un se porte caution.

— Caution ? À mon âge ?

Vaira soupire.

L'autre enchaîne :
— Je comprends que cela vous dérange mais si vous ne pouvez pas trouver un garant, je ne pourrai pas vous faire visiter ce bien. Je risquerais de vous faire perdre votre temps et moi le mien, les propriétaires ont été très clairs. Ils veulent que quelqu'un se porte caution pour le locataire.
— J'entends. Je sais que vous faites uniquement votre travail. C'est juste que cela surprend un peu sur le moment.

Vaira réfléchit. Pèse le pour et le contre de cette situation. L'autre voix insiste :
— Et vous avez quelqu'un ? Pour la caution ?
La jeune femme prend sa décision.
— Oui j'ai quelqu'un.
Un temps.
— Ma sœur.

5

Lundi matin. La lumière du jour filtre sous les volets, baigne la chambre d'une lueur pâle. Les murs ont pris une teinte bleu gris, comme les nuages d'un ciel d'orage. La température de la pièce est agréable, ce début d'automne offre encore quelques belles journées.

Je m'étire, détends mon corps las. Le weekend et la semaine avec Valentin sont passés trop vite, comme toujours. La rencontre avec Lucille d'abord. Qui a conquis mon garçon. Puis la course entre l'hôpital, les devoirs, les discussions. Les disputes forcément, et les rires, pour nous réconcilier.

Les moments que je partage avec mon fils gagnent en densité au fur et à mesure qu'il grandit. Sa personnalité se développe, ses idées sur la vie s'approfondissent. Notre relation évolue vers moins de dépendance, plus d'équilibre. J'aime notre complicité, notre tendresse. Et mon cœur se contracte à l'idée d'une nouvelle semaine sans lui. Des larmes de désespoir restent coincées dans ma gorge, ma poitrine se soulève, péniblement.

J'essaie de m'adapter à cette vie à deux temps. Deux rythmes. Deux espaces. Une vie de mère. Une vie de femme. Comment ne pas se sentir coupée en deux ? Je n'ai pas trouvé la clé. J'ai l'impression de ne jamais être complète, qu'il me manque en permanence un bout de moi-même. Je navigue entre maternité et envie de liberté, féminité et culpabilité, amour et désir. Je tente de maintenir en vie mon âme et mon corps morcelés.

Nous sommes dans le lit.
Il s'approche.

Le radioréveil se met en marche. La musique classique emplit la chambre, le son puissant du concerto vient transcender ma tristesse, mettre en notes ce que je ne peux exprimer en mots. Je laisse la magie des vibrations opérer, ouvrir un espace en moi. Je me laisse bercer, envouter par les sons, les instruments qui se répondent. Je distingue chaque mélodie qui harmonieusement forment un tout qui me transporte.

Je perçois le relâchement dans mes poumons, l'oppression qui diminue, l'air qui se meut plus facilement. Alors, ténue, murmure en moi une petite voix d'espoir. Qu'un jour, un jour, je retrouverai mon unité.

Je profite de ce sursaut d'énergie pour me lever, aller jusqu'à la douche.

Je lave mes pensées sombres, savonne ma noirceur, rince ma douleur. Je sèche mon amertume, mon découragement, ma mélancolie. Je masque mon corps d'un jean bleu et rugueux, d'un tee-shirt blanc, confortable. Des baskets noires viennent compléter la simplicité de ma tenue. Avec un élastique entortillé de cheveux, je me coiffe d'une queue de cheval qui retombe mollement sur mon épaule.

Mon visage dans le miroir est pâle et cerné – traces indélébiles.

J'essaie un demi-sourire. Résultat non satisfaisant. Je sais que je dois me reprendre. Un fil rouge retient ensemble les morceaux de ma vie pour éviter qu'ils ne s'éparpillent trop. Ce fil, ce sont les liens que je tisse autour de moi qui le constituent. Ces rencontres, ces partages, ces amitiés. Ma force, je la puise dans ces relations, dans mon métier qui me nourrit.

Je soupire, jette un regard sur ma montre. Je récupère mon sac suspendu dans l'entrée, et dans le même élan, claque la porte de l'appartement.

☙

Bastien patiente dans le hall des urgences du CHU, son grand-père se repose.

Il repense à leur dernière conversation. D'abord légère : leur inclinaison pour leur infirmière préférée, la brunette, parce qu'elle est belle sans le savoir. Puis plus sérieuse : son papi qui lui glisse qu'il faudrait que sa cousine passe le voir à l'occasion.

Bastien n'est pas dupe. Il fera passer le mot. Parce qu'il sent combien c'est important pour son grand-père de pouvoir faire ses adieux sans léser personne. Il a vécu comme ça, autant qu'il a pu. Distribuant sourires, caresses et grognements à tous ceux qui croisaient sa route : les siens, les amis qu'il a faits siens, les plus proches, les moins proches, « les gens ».

Son papi est un tendre filou et le garçon compte bien engranger encore tout ce qu'il peut d'amour. Alors il préfère attendre que son grand-père se réveille avant de rentrer chez ses parents. Il veut s'imprégner de son visage, de son vieux sourire, de sa peau fripée. Bastien a beau être jeune, il a conscience de chaque jour qui passe, de la mort qui peut frapper à la porte à chaque instant. Il ne sait jamais en partant si ce sera la dernière fois qu'il le verra en vie.

Les urgences bourdonnent de bruit, de monde.

Bastien regarde les personnes qui s'interpellent, pestent, parfois pâlissent quand leur nom est appelé. Un homme tient sa main bandée dans un chiffon de cuisine plein de sang. Un autre affublé de son jogging, boîte en s'appuyant sur l'épaule de sa compagne.

Une vieille femme est assise, seule, calmement sur sa chaise. Elle dégage un mélange de dépit et de morosité. Elle tient des papiers entre ses doigts malhabiles, tordus par les rhumatismes.

Ses jambes sont recouvertes de veinules bleues et violettes, la peau est tachetée, lisse mais fatiguée.

La vieille dame sourit timidement en croisant le regard du garçon. Il la voit se lever, hésitante, puis laisser échapper sa canne qu'elle a oubliée contre sa cuisse.

Bastien se précipite pour la ramasser.
— Je peux vous aider ?
— Oh c'est gentil jeune homme.

Elle ne sait pas comment tenir ses papiers, sa canne, sans faire tout tomber.
— Je peux vous accompagner si vous voulez.

La peau chiffonnée des joues change de couleur.
— C'est que... j'ai juste besoin d'aller... au petit coin.

Il sourit de la formulation désuète pour rester discrète.
— Ne vous en faites pas, je vous emmène.
— Merci mon garçon.

Bastien se charge de la canne. Elle s'appuie sur le bras qu'il lui tend. Clopine lentement.
— Mais vous êtes seule ? Vous n'avez personne pour vous épauler ici ?

Ils progressent pas à pas vers les toilettes. Elle répond dans un souffle :
— Je ne veux pas déranger mes enfants. Ni mes petits-enfants. Ils sont tous très occupés. Ils m'appellent souvent pour me le raconter.
— Ah.

Bastien serre les lèvres de colère, s'abstient d'un commentaire. Il lui tient la porte sur laquelle est inscrit « Dames » en lettres majuscules dorées. Il la laisse entrer, lui prend tous ses papiers des mains, lui rend sa canne.

— Je vous attends là.
— Merci jeune homme. C'est vraiment gentil.

Dans le cœur du garçon, c'est la révolte. « Ils sont très occupés ». Combien de fois a-t-il pu entendre cette phrase dans les couloirs de l'hôpital ? Justifiant l'abandon, imposant la solitude parce qu'« on » a plus important à faire. Plus important que nos proches, que la vie qui est encore là ? Il enrage. Il voudrait hurler que c'est pour ça que le monde va si mal. Parce qu'« on » a oublié que c'est dans la transmission, le partage, les relations, que nous puisons notre force de vie.

La porte des toilettes s'ouvre.
— Venez Madame.
La vieille femme accepte de nouveau le bras que Bastien lui offre, se laisse guider jusqu'à sa chaise où elle s'assoit avec difficulté. Il lui redonne ses papiers, lui sourit autant qu'il peut. Elle lui rend son sourire, teinté de mélancolie.
— Merci mon garçon.

Bastien sent une main sur son épaule.
— Je te cherchais.

❧

Je regarde Bastien se mouvoir dans le hall des urgences.

Au début, ce n'était qu'un visiteur de plus dans l'hôpital, je n'ai pas prêté attention à lui. Mais j'ai fini par remarquer sa présence. Son insistance à être là. Avec son grand-père. Avec les soignants. Sa plongée dans notre univers en participant à sa façon.

Comme s'il voulait faire un pont entre la vie à l'extérieur de ces murs et nous.

Je pose ma main sur son épaule.
— Je te cherchais.
La chaleur de ma paume ramène quelques couleurs à ses joues. Je lui ébouriffe ses cheveux noirs, comme je le ferais à mon fils.
— Allez viens Bastien, ton grand-père est réveillé, il rouspète.
— Alors c'est qu'il va bien !
Je lui souris, complice.

Je consulte le dossier de Madame Schmidt. Du fait d'une garde la semaine dernière, je n'ai pas pu lui dire au revoir.

Les médecins ont maintenu la vieille dame à l'hôpital quelques jours de plus : sa prise de sang n'était pas bonne, son hémoglobine beaucoup trop basse. Elle a reçu une transfusion sanguine pour être remise sur pied. Je ne suis pas étonnée qu'elle ait trébuché, son corps devait être bien plus affaibli qu'elle ne le pensait.

Madame Schmidt est rentrée chez elle et je me demande comment elle va. Je me rends compte que je masque, derrière des préoccupations professionnelles, une affinité que je ne veux pas m'avouer. Chaque visite a renforcé peu à peu la connexion qui s'est établie entre nous. Une alchimie qui nous dépasse. Deux solitudes en écho, tissant un lien dans nos vies.

Sur le formulaire de contact, je trouve un numéro de téléphone. Je prends une grande respiration et compose les chiffres inscrits sur la feuille devant moi.

Une sonnerie. Deux sonneries. Trois sonneries.

J'imagine la vieille dame trottiner vers son téléphone, j'espère qu'elle ne va pas se précipiter et tomber de nouveau, je me sentirais trop coupable.

— Oui allô ?
La voix n'est pas essoufflée, juste curieuse.
— Bonjour Madame Schmidt, c'est l'infirmière de l'hôpital. Véro. Je ne vous dérange pas j'espère.
— Oh bonjour mon petit. Non pas du tout. Que me vaut le plaisir de votre appel ?
— Je voulais prendre de vos nouvelles. Savoir comment se passe le retour chez vous, comment vont vos chats...
— Comme c'est gentil ! Mes chats sont grognons, ils boudent ! Ils n'aiment pas quand je disparais sans prévenir. Mais l'appel des croquettes est trop fort, ils sont bien obligés de venir chercher des caresses.
— Et vous Madame Schmidt ? Comment vous sentez-vous ?
— Moi ? Je suis rose comme une fraise Tagada ! Vos médecins ont fait des merveilles. Je me sens beaucoup mieux.
— Je suis heureuse de l'entendre.

Je laisse s'égrener quelques secondes. Je n'arrive pas à raccrocher poliment. Je ne suis plus très sûre de savoir pourquoi j'ai appelé.

— Vous souhaitiez autre chose mon petit ?
Je soupire. Autant être sincère.

— À dire vrai, je ne sais pas. Je ne voulais pas vous importuner. Juste savoir… si vous allez bien.
— Mais vous ne m'importunez pas voyons ! Et oui je vais bien. Je suis même en pleine forme ! Je comptais pâtisser cet après-midi. Souhaiteriez-vous goûter mes gâteaux ? J'ai ramené des recettes de mes voyages, j'aime partager.

Dans mon cœur, une chaleur intense. De la joie, profonde.
— J'en serais ravie Madame Schmidt. Sincèrement ravie.
— Quelle bonne nouvelle ! Quand puis-je avoir l'honneur de votre visite ? Cette semaine ?
— En fait, je suis disponible demain matin, après ma garde.
— Oh mais c'est parfait ! Vous avez mon adresse ?
— Oui, elle est indiquée dans votre dossier.
— Je suis fichée !

La voix amusée de la vieille dame m'attendrit.
— Vers dix heures trente, cela vous conviendrait ?
— C'est parfait mon petit. Vous voyez que vous avez bien fait d'appeler. Il faut suivre votre instinct, croyez-moi. C'est lui votre meilleur guide.
— Je ne sais pas Madame Schmidt, le mien doit être déréglé.
— Taratata. Vous voyez bien que non ! Je vous attends demain à dix heures trente alors. Belle journée à vous !
— Belle journée à vous aussi Madame Schmidt.

Je raccroche avec un sentiment intense de plénitude. Comme si j'étais à ma place, au bon endroit, au bon moment. Peut-être que Madame Schmidt a raison, je me suis écoutée et je me sens bien. Je perçois que l'énergie de ma journée a changé. Que de nuageuse et sombre, la météo est devenue plus clémente. Des trouées de soleil à travers des nuages moins denses, moins lourds.

☙

Il ne reste que quelques jours de ce mois de septembre. L'automne cette fois est en train de s'installer pour de bon. Les arbres commencent à s'habiller de jaune et de marron, quelques feuilles se détachent, tombent mollement sur le sol du jardin. L'humidité de l'air fait perler les brins d'herbe, la brise fraîche balance timidement les tiges de bruyère.

Madame Schmidt contemple à sa fenêtre la nature qui prend tranquillement le chemin de ses quartiers d'hiver. Elle ressent le ralentissement de la flore après l'euphorie de l'été. Comme son corps qui fatigue saison après saison.
Le séjour à l'hôpital a laissé des traces, psychologiques surtout. Elle doit faire face à la réalité de son âge, de sa mécanique qui rouille, même si son cerveau lui fait miroiter qu'elle est vive. La vieille dame avait déjà conscience que ses mouvements étaient plus gauches, qu'elle était en décalage, comme au ralenti par rapport à la vie. Mais les quelques jours passés au CHU lui ont fait réaliser combien son organisme se flétrit.

Madame Schmidt vit seule. Est seule. Elle a choisi de ne pas avoir d'enfants quand toutes ses anciennes amies se précipitaient vers la maternité. Elle a choisi la liberté, les voyages, les rencontres au gré de la Vie. Elle s'est laissée bercer par la danse du monde, elle a été très heureuse, beaucoup, souvent. Aujourd'hui son corps ne lui permet plus de danser. Elle est vieille. Et seule. Beaucoup. Souvent.

La vieille dame attend Véro. Elle apprécie déjà cette jeune femme aux cheveux bruns, elle est intriguée par ce que dégagent ses yeux verts. Parfois c'est un voile triste qui les recouvre, parfois c'est une énergie folle qui émane d'eux.

Elle aime le mélange qu'incarne la jeune infirmière, tantôt sous contrôle, tantôt mystérieuse.

Madame Schmidt ne sait pas grand-chose de Véro mais elle compte bien s'en faire une amie. Une vraie. Une intime. Parce que l'amitié est comme ça, elle vous tombe dessus, comme l'amour. On prend soin de la relation comme on prend soin de son jardin. On cultive les moments de partage, on écoute, on sourit. On veut que ça ne s'arrête jamais. Madame Schmidt n'est jamais tombée bien longtemps en amour, ni en amitié. Elle a vécu d'autres relations, superficielles, sans lendemain, d'autres émotions, légères, sans profondeur.

Mais aujourd'hui, elle ressent dans son cœur qu'il est temps. Et que cette Véro, c'est l'amie qu'elle a attendue toute sa vie sans savoir qu'elle la cherchait. Oh bien sûr, son âge pourrait être un frein. Pourtant la vieille dame a perçu cette force entre elles, ce fil qui relie deux êtres sans qu'on y prenne garde. Oui, Madame Schmidt a fait une belle rencontre.

La dernière Rencontre de sa vie.

La concierge balaie l'entrée de l'immeuble. Appuyée au manche en bois clair, elle guette les allers et venues des habitants, essaie d'engager la conversation pour occuper sa journée.
— Bonjour Véro. Comment allez-vous ?
Aujourd'hui je n'ai pas la disponibilité pour ces fadaises. Madame Schmidt m'attend, je sais qu'elle va s'inquiéter si je suis en retard.
— Bien, merci Madame Pons. Je file, j'ai rendez-vous.

Sans même lui laisser le temps d'une autre platitude, je passe la porte du bâtiment et profite enfin de la fraîcheur de l'air. Je lève la tête pour admirer le ciel dégagé ce matin. La façade de l'immeuble rococo se découpe dans la lumière du jour, elle contraste avec le bleu céleste.
Et jette une ombre sur le trottoir.

Je sens ses mains sur moi.
Je m'éloigne.

Je cours prendre l'autobus qui m'emmène de l'autre côté de la ville. Je préfère me déplacer en transports en commun. J'aime le temps de pause que cela m'impose dans ma vie qui file à cent à l'heure. Dans un bus, je m'adonne à d'autres occupations : contemplation du monde, introspection, lecture ou écoute d'un livre. La plupart des passagers sont plongés dans leur téléphone portable, greffé à leur main. Quand je croise le regard de certains qui comme moi observent, nous échangeons des sourires de connivence.

Je suis heureuse de retrouver Madame Schmidt, de découvrir son havre. À chacune de nos entrevues à l'hôpital, je me suis plu à voyager à travers elle, à admirer l'élan de vie qui anime la vieille dame quand elle partage ses souvenirs. Je suis curieuse d'en savoir plus sur cette femme. De savoir d'où lui vient cette énergie, cette aura qui l'entoure.

Ce qui me surprend lorsque les portes du bus s'ouvrent, c'est le calme du quartier, le silence de la rue. Quelques voitures sont garées, éparpillées par-ci par-là devant les pavillons, suffisamment espacés pour donner une sensation d'intimité.

La maison de Madame Schmidt est une villa sur deux étages, au teint rose fané, au toit de briques sombres. Le petit jardin qui l'entoure, bien entretenu, dessine un écrin vert autour de la bâtisse. Accroché au mur droit du bâtiment, un escalier à la rambarde noire, en fer forgé, débouche sur un morceau de terrasse, à l'étage.

— Bonjour Madame Schmidt !

La vieille dame est assise sur son perron aménagé. Elle remplit consciencieusement une bourse de lavande séchée. Une collection de petits sacs bariolés en tissu d'Afrique est étalée sur une caisse en bois devant elle. De petits rubans rouges ou orange ferment les paquets odorants.

— Bonjour ma chère Véro. Ils vous plaisent ?
— Ils sont très beaux et surtout ils embaument !
— Ils sont remplis de ma lavande. J'en ai cueilli des brassées cet été, que j'ai fait sécher. Vous en voulez un ? Choisissez !

Je jette mon dévolu sur un sachet aux motifs géométriques, dans les tons jaunes et verts, que je dépose dans mon sac.
— Merci beaucoup.

Madame Schmidt se lève péniblement.
— La terre est basse ! Je vous fais visiter ma maison ?
— Avec grand plaisir.
Nous nous regardons en souriant, émues de nous retrouver.

La bâtisse est en fait constituée de deux espaces de vie séparés. Seul le rez-de-chaussée est habité par la vieille dame.

Comme je m'y attendais, je découvre des pièces colorées, au mobilier chargé de petites figurines, de statuettes, de photos plus ou moins jaunies. Les odeurs d'épices et de bois se mêlent aux senteurs animales qu'exhalent le cuir des meubles. Les murs sont couverts de tentures africaines, le parquet de tapis d'Orient.

J'ai l'impression de plonger dans un souk – enfin de ce que j'imagine être un souk. Je suis immergée dans un monde hors du temps, hors de l'espace.

Même mes papilles sont déstabilisées par la saveur des merveilles encore chaudes que me tend Madame Schmidt.

— C'est délicieux ! Merci, merci du fond du cœur pour votre invitation.

J'ai le goût du sucre glace sur la langue, que je passe sur mes lèvres un peu collantes.

Béate, je me laisse aller à la curiosité.
— Et en haut, qu'y a-t-il ?

La vieille dame soupire tristement.
— L'étage est vide. J'ai bien essayé de louer l'appartement, je me disais que ça me ferait de la compagnie. Mais vous savez ce que c'est, les jeunes, aujourd'hui, ils veulent que ça bouge ! Ici, je suis trop loin de tout.
— Votre quartier est magnifique Madame Schmidt. Je trouve que vous avez beaucoup de chance. Vous permettez que je monte ?
— Oui bien sûr allez-y. La clé est sous le paillasson. Il n'y a rien à voler.

Je sors dans le jardin, contourne la maison pour gravir les marches. L'escalier donne sur l'arrière du bâtiment, la porte d'entrée de l'étage en bois sombre mériterait un coup de peinture. Je glisse la clé dans la serrure qui grince faiblement.

La porte s'ouvre sur un large espace vacant. L'appartement sent légèrement le renfermé, la tapisserie est d'une autre époque. Mes pas résonnent dans les pièces vides que je visite en prenant mon temps. La salle d'eau est exiguë mais en bon état, le coin cuisine minuscule. Mes pensées vagabondent, un dialogue me revient à l'esprit.

Il me vient une idée.

Je referme derrière moi, puis descends rejoindre mon hôtesse.
— Madame Schmidt, je viens de songer à quelque chose. Est-ce que cela vous dirait que ma sœur passe vous voir pour visiter l'appartement ?

Le visage ridé de la vieille femme s'éclaire de bonheur. Elle ratifie d'un sourire.
— Ce serait avec joie. Vous avez une sœur ?

Je plonge mon regard dans celui de Madame Schmidt.
— Oui j'ai une sœur. Une sœur jumelle.
— Oh comme c'est singulier ! Et comment s'appelle-t-elle ?
— Vaira.

6

« The Link ».

Ce soir, l'enseigne du bar est éclairée uniquement par la lumière du néon fixé sur le dessus du panneau noir. Les nuages forment une couche opaque qu'aucun rayon lunaire ne parvient à traverser. La nuit est particulièrement sombre, elle pourrait être inquiétante sans la clarté des réverbères. Leur lueur dans la brume donne à la rue un aspect fantomatique. On s'attendrait presque à entendre des grincements sinistres, un hurlement au loin. Mais c'est une musique entraînante qui accueille Vaira quand le vigile lui ouvre la porte de l'établissement.

En semaine, l'ambiance est moins oppressante : clientèle réduite, plus d'espace pour se mouvoir. La jeune femme s'avance à une table libre, légèrement en retrait, s'installe sur la banquette de façon à avoir une vue d'ensemble de la pièce.

Elle est sortie principalement pour observer, s'imprégner, elle n'a pas d'attentes particulières mais se saisira d'une occasion si elle se présente.

Vaira ouvre la veste de son tailleur pour se sentir plus à l'aise dans ses mouvements. Le chemisier de soie blanche laisse transparaître l'arrondi de ses seins que l'on devine dans l'encolure. Sa jupe en laine bleu roi moule ses cuisses, remonte discrètement sur ses jambes qu'elle a croisées.

Le serveur s'approche d'elle, un plateau en équilibre sur sa main qu'il tient en l'air.
— Bonsoir Madame. Qu'est-ce que je vous sers ?
— Un verre de Martini blanc, avec une rondelle de citron s'il vous plaît.
— C'est noté !
L'homme revient peu de temps après, pose un sous-verre en carton sur la table, l'apéritif par-dessus. Vaira règle sa consommation en liquide, elle essaie de limiter ses dépenses en carte bleue autant que possible.

Le serveur reparti, la jeune femme fait s'entrechoquer les glaçons d'un mouvement circulaire de la main, pensive. Elle épie la salle, guette l'arrivée de nouveaux clients. Elle porte le verre à ses lèvres, déguste sa boisson. L'amertume du Martini persiste sur les côtés de sa langue, elle apprécie le contraste avec l'entrée en bouche d'abord sucrée. Les yeux clos, elle savoure l'odeur de l'alcool sous son nez, profite de cette détente. Les basses de la musique résonnent dans sa poitrine.

Quand ses paupières se rouvrent, Vaira croise le regard appuyé de la personne qui vient d'entrer.
L'individu s'avance à pas lents, choisit une table à quelques mètres sur sa gauche. Il garde le contact visuel avec la jeune femme, scrutateur. Elle ne se gêne pas pour le détailler en retour.

L'homme doit avoir la cinquantaine et voudrait en paraître dix de moins. Une chemise à motif bordeaux moule son dos épais. Elle est rentrée dans un jean noir plutôt serré, dans une tentative de masquer le ventre – qu'elle devine proéminent. Les premiers boutons de la chemise sont ouverts sur une peau bronzée aux UV. Vaira en imagine aisément la texture : douce mais sans élasticité, parcourue de minuscules sillons, impossible à détecter d'aussi loin. Le visage de l'homme est poupin avec de petits yeux clairs, la bouche charnue, ceinte d'un bouc brun. Les cheveux poivre et sel sont coupés court, dégagent un front agrandi par une calvitie naissante.

Depuis sa table, Vaira visse ses prunelles dans celles de l'homme, capte son attention. La chasseresse en elle ferre sa prise.

Hypnotique, sans rompre le contact visuel, elle passe sa langue sur sa lèvre inférieure, en goûte la saveur par d'imperceptibles mouvements. Elle emprisonne le coin droit de sa bouche entre ses dents, sent l'élasticité de la muqueuse sous la morsure délicate. Elle relâche lentement sa lèvre, exagère l'amplitude de sa respiration pour soulever sa poitrine, attirer le regard de l'homme dans l'ouverture de son corsage. Elle caresse son cou de ses doigts longs, remonte derrière son oreille, fait courir ses ongles sur sa peau, de sa joue à la naissance de ses seins.

La jeune femme sourit, audacieuse, souveraine. Son visage lumineux finit de conquérir l'homme qui retient sa respiration, le teint rougi de désir. Elle voit perler de fines gouttes de sueur à son front trop large.

Indécente, elle se lève, sa jupe couvrant tout juste le haut de ses cuisses. Elle saisit son sac, glisse sa main discrètement à l'intérieur.

Belle, puissante, ses talons claquent sur le sol quand elle s'approche de la banquette où est assis l'homme.
Vaira se penche vers son visage et lui susurre :
— Appelez-moi.

Sa main posée sur la table libère la carte.
Le V argenté brille dans la pénombre.
L'homme n'a toujours pas repris sa respiration.

☙

Madame Schmidt ouvre les volets de l'appartement avant l'arrivée de sa visiteuse. La lumière d'automne baigne le parquet de lueurs orangées, faisant ressortir les veinules du bois.

Dépitée par l'état défraîchi des murs, elle réalise combien les pièces ont vieilli. Elle se demande comment la sœur de Véro pourra accepter de s'installer ici. Elle voudrait se terrer dans son salon, ne pas avoir à affronter ce sentiment de honte qui s'est emparé d'elle depuis qu'elle est montée.

— Madame Schmidt ?

La vieille dame sursaute. Cette voix ! Elle passe la tête par une fenêtre et découvre la chevelure rousse d'une jeune femme, brillant sous le soleil. Depuis l'allée, celle-ci hausse le menton, lui décroche un sourire et la salue d'un petit mouvement de la main.
— Oh bonjour Mademoiselle. Voulez-vous monter ? Je préfère m'éviter une nouvelle ascension.
— Bien sûr. J'arrive.

Perchée sur ses talons, la sœur de Véro franchit l'allée, coupe par le jardin, pose une main sur la rambarde. Hésitante, elle jette un œil derrière son épaule pour observer la rue.

Le regard de Madame Schmidt se détourne d'elle : un homme d'une trentaine d'années longe le muret, il tient son chien par un harnais. L'animal est un magnifique labrador noir. Il marche tranquillement, attentif aux pas de son maître.

Madame Schmidt s'éloigne de la fenêtre, vient à la rencontre de la jeune femme qui, en contournant l'angle de la maison, se retrouve nez à nez avec elle.

La vieille dame lui sourit, embarrassée.
— Bonjour Madame Schmidt.

Malgré le timbre qui lui rappelle Véro, le ton est plus sec, plus tranchant. Une personnalité tourmentée émane de la jeune femme. Ses épaules sont tendues sous un poids invisible, sa mâchoire serrée.
Mal à l'aise, Madame Schmidt n'est pas aussi volubile qu'à l'ordinaire. C'est d'une voix un brin vacillante qu'elle répond :
— Bonjour Mademoiselle.

La jeune femme a dû percevoir son trouble. Elle reprend, plus amicale :
— Vous pouvez m'appeler Vaira.
— Bien. Vaira.
Madame Schmidt redouble d'effort pour masquer l'oppression dans sa poitrine.
— Voulez-vous visiter l'appartement ? Je ne sais pas ce que vous a raconté votre sœur mais ne vous attendez pas à grand-chose. Il est inoccupé depuis trop longtemps.

La jeune femme observe l'embrasure de la porte.
— Ne vous en faites pas. Je vous suis.

ࠀ

Vaira se laisse guider.
Elle prend le temps de découvrir chaque espace, chaque pièce. L'appartement est sans prétention mais chaleureux. Bien que la vieille dame en détaille les menus défauts, Vaira voit le potentiel de ce lieu discret dans ce quartier calme. Elle s'imagine déjà y explorer enfin toutes les facettes de sa sexualité – en sécurité.

— C'est parfait Madame Schmidt.
Surprise, la vieille dame esquisse un sourire timide.
— Ah bon ? Je me sens tellement confuse de ne pas vous présenter un environnement plus moderne. Vous êtes sûre ?
Vaira éclate d'un rire sincère.
— Tout à fait, mais uniquement si vous êtes d'accord pour rafraîchir les murs avec une couche de peinture.
Madame Schmidt approuve.
— Je crois que ce sera nécessaire en effet.

Vaira sent la vieille dame encore un peu stressée, et en même temps soulagée : elle aura bientôt un semblant de compagnie au-dessus d'elle. A minima une présence sur qui compter.
— Je peux vous demander quelque chose Madame Schmidt ? Ce sera le seul point sur lequel je serai exigeante.
— Oui, dites-moi.
— Voilà, je tiens plus que tout à mon intimité. Alors, s'il vous plaît, lorsque je me serai installée, n'entrez jamais sans que je vous y aie invitée.

Le teint soudain écarlate, la vieille femme se défend en secouant la tête.

— Oh non, je ne me le permettrais pas !

Vaira sait bien qu'elle vient de vexer sa future propriétaire mais elle n'a pas le choix. Sa vie inavouée doit être protégée, peu importe le prix.

Décidée à lever la gêne qu'elle a provoqué, elle reprend plus enjouée :

— Donc c'est décidé ! Si cela vous convient, la location sera au nom de Véro. C'est elle qui s'occupera de tous les papiers. Elle est d'accord, nous en avons déjà parlé.

Nerveuse, la vieille dame acquiesce mécaniquement.

— Très bien. Cela me convient.

Sur un ton de confidence, Vaira ajoute :

— Je dois vous faire un aveu. Je compte sur les compétences de ma sœur pour redonner aux murs un petit coup de jeune. De nous deux, c'est elle la spécialiste !

Le clin d'œil que la jeune femme lui lance semble apaiser enfin le malaise de Madame Schmidt.

Ensemble, elles referment les volets de l'appartement.

Les marches qui les ramènent au jardin ont fatigué la vieille dame. Elle avance par petits pas vers sa terrasse, se plie difficilement pour finalement s'échouer dans un fauteuil en osier blanc, garni de coussins colorés. Vaira l'a suivie jusque-là, silencieuse.

— Qui est-ce ?

La jeune femme a posé la question à voix basse, de peur d'être entendue mais n'a pas pu résister à la curiosité. Le jeune homme et son labrador noir continuent leur balade, repassent devant le jardin de Madame Schmidt.

— C'est Samuel ! Il est kinésithérapeute. Je fais appel à lui de temps en temps, les autres personnes âgées du quartier font de même. Il habite plus haut, chez sa mère.

Vaira grimace.
— Chez sa mère ?
Madame Schmidt hausse ses épaules voutées.
— Il n'a pas eu le choix après son accident. Le temps de réapprendre à vivre, autrement.
— Ah il n'a pas toujours été…
— Aveugle ? Non pas toujours. C'était un brillant kiné, un jeune homme promis à un bel avenir. Nous l'entendions toujours arriver comme un fou sur sa moto, même s'il ralentissait à l'approche du lotissement. Et puis le drame est arrivé.
— Que s'est-il passé ?
La voix de la vieille dame se fait plus triste.
— Un mauvais virage, des graviers mal placés, il devait rouler vite, et ce jour-là trop vite. La tête a heurté la rambarde de sécurité. C'est une chance qu'il soit encore en vie, vous savez. La commotion cérébrale a été d'une immense gravité. Il a perdu la vue après ça. Sa mère l'a recueilli, il ne pouvait plus vivre seul. Il a fait une profonde dépression et c'est le quartier qui l'a « sauvé » d'une certaine façon.
— Vous voulez bien me raconter ?

L'intérêt de Vaira est sincère. Elle a plaisir à prolonger cet instant et à retarder d'autant le retour à la solitude de Madame Schmidt. Qui, allègre, répond :
— Oui, surtout que nous sommes assez fiers de nous !

Le visage de la vieille dame s'orne d'une aura empreinte d'humanité quand elle explique :
— Nous savions qu'il pouvait bénéficier d'un chien d'aveugle. Nous avons suggéré à sa mère d'entamer les démarches car il ne voulait plus sortir, il avait peur de tout. Difficile de savoir ce qui se passait dans sa tête à ce moment-là.

L'arrivée de Black a été la pièce maîtresse qui lui a permis de sortir de son isolement.
Un jour, alors qu'il se promenait avec le chien, un voisin lui a demandé s'il accepterait de venir lui masser la poitrine car il avait une toux qui le faisait souffrir atrocement. Samuel a retrouvé l'usage de ses mains, de ses talents de kinésithérapeute. Il est revenu à la vie, actif, gagnant en autonomie. Il s'est fait une clientèle dans le quartier, la population d'un certain âge y aide. Nous sommes tous heureux de contribuer au sourire qui se peint sur son visage quand il arrive pour un soin.
— Et puis il est beau, vous n'avez pas idée !

Madame Schmidt a un petit soupir de midinette.
— Je vous le présenterai !

Vaira rit nerveusement.
— Nous verrons bien Madame Schmidt ! Vous le découvrirez par vous-même, je suis assez sauvage et souvent absente. Mais je vous promets de lui faire un bon accueil si je le croise.
Intérieurement, elle imagine l'accueil dont elle, seule, a le secret.

*

Vent. Bourrasques. Les feuilles voltigent en tous sens dans la rue, claquant sur les vitres des bâtiments, s'engouffrant sous les voitures. Leur ballet incessant les emmène d'un côté de la route pour revenir de l'autre. Celles qui tenaient encore aux branches se font arracher par les courants d'air violents qui les emportent loin, toujours plus loin.

Quelques éclaircies de soleil percent un chemin à travers les nuages sombres, illuminant des morceaux de trottoirs, de façades ici et là. La température pourrait presque être agréable sans les rafales qui s'infiltrent entre chaque interstice de vêtements.

Vaira serre ses bras contre elle, tente de maintenir la chaleur autour de son corps malmené par la météo du jour. Son bonnet sur la tête, elle avance, courbée contre la bise déchaînée. Des mèches rousses dansent autour de son visage et fouettent ses joues déjà rougies. Avec soulagement, elle pousse la porte du café dans lequel elle a rendez-vous.

Quand le battant se referme derrière elle, c'est comme un nouveau monde qui s'offre à ses sens. D'abord le silence, que seuls quelques tintements de verres ou de cuillères déposées sur des sous-tasses viennent perturber. Le murmure des conversations est à peine audible, chacun prenant soin de la tranquillité du lieu. L'atmosphère est capiteuse, les odeurs de café embaument la pièce, nourrissantes.

Vaira retire son bonnet qu'elle range dans sa poche, déroule son écharpe, entrouvre son manteau. L'homme est assis dans le fond de la salle, les yeux fixés sur la rue. Elle en profite pour détailler son profil à la lumière du jour. Les plissures de la peau derrière les oreilles, surmontées de pattes gris souris à cet endroit de la chevelure. La joue rasée de près, dont l'arrondi est habilement coupé par le bouc encore brun. Le coin de la bouche à peine rosé.

Au bruit du craquement du parquet près de lui, l'homme tourne la tête. De sa personne, se dégage un conflit intérieur. Entre fascination et fuite.

— Bonjour.

La voix de la jeune femme est exquisément rauque. Un timbre qu'elle veut rassurant.
— Je m'appelle Vaira.
L'homme reste muet. Son corps s'est ramassé sur la chaise, Vaira se demande s'il va partir, s'échapper. Une part d'elle est satisfaite de voir qu'elle peut générer ce type de réaction chez un homme qui a l'air solide, important. Et dans le même temps, elle ressent aussi une forme de tristesse. De la pitié. Pour lui ou pour elle ? Les deux peut-être.
— Vous n'avez pas besoin de me donner votre nom.
L'homme a l'air soulagé. Ses lèvres murmurent :
— Comment cela se passe ?

Vaira tire la chaise en face de l'homme. Elle enlève sa veste avec des gestes souples, gracieux. Le haut moulant qu'elle arbore dessine sa poitrine, son ventre plat. Les manches trois-quarts du vêtement révèlent la peau laiteuse de ses bras, piquetée çà et là de minuscules grains de beauté. Ses longues jambes sont prises dans un jean slim bleu, très clair, qui tranche avec son top marine.
La respiration de l'homme est saccadée, son stress palpable. Le silence de Vaira le met mal à l'aise, il hésite encore à s'en aller, se demande pourquoi il a composé ce numéro sur cette carte. Pourtant son corps reste immobile, cette femme l'envoute.

— Cela se passe… selon vos désirs.
L'homme, figé, boit ses paroles.
— Nous passons verbalement un contrat sur le contenu de ma prestation. Il peut être plus ou moins précis, selon que vous souhaitez laisser libre cours aux intuitions du moment, ou que vous préférez maîtriser la situation de A à Z. Disons de A à X. Je souhaite garder une certaine liberté d'action.
— Vous faites… tout ?

Vaira soutient le regard de l'homme, inébranlable.
— Tout ce qui ne met pas ma vie en danger. Rapports protégés exclusivement. Le reste…
Sourire mutin.
— Le reste dépendra de votre imagination.
L'homme déglutit. Ses pommettes ont pris une teinte carmin, le bas de sa mâchoire s'est imperceptiblement affaissé. Il prend une grande respiration, son cerveau assimile les informations avec lenteur.
Dans le corps de Vaira, une vague d'envie remonte de ses fesses à ses seins, vient picoter le bout de ses doigts. Elle goûte à ces nouvelles sensations, de fantasmes avant l'acte sexuel, de domination sur l'Homme. Plaisir pur.

— J'ai besoin d'y réfléchir.
La voix de l'homme chevrote. Conscient de son timbre, il se racle la gorge, déconfit.
— Je vous remercie d'être venue. Je…
Il hésite.
— Je vous rappellerai.
Vaira se fait réconfortante.
— Prenez votre temps. Je ne suis pas pressée.
L'homme a repris contenance. Il se lève.
— Merci.

Il se dirige vers l'entrée de l'établissement. Sa démarche est incertaine, vacillante. Son corps chancèle, comme saoul. Il passe la porte du café dans un bruit de clochettes.
Dehors, il est accueilli par les bourrasques qui n'ont pas cessé. L'homme se met en route.

Vaira le regarde s'éloigner, tanguant tel un naufragé.

7

Des sons lointains lui parviennent, indistincts. Il perçoit qu'on parle de lui, sans en vraiment comprendre le sens. Il attend devant la porte, il sait qu'il est l'heure, il le sait dans son corps. Au bruit du pêne, il se précipite à l'extérieur.

Les odeurs décuplées dans la rosée du matin allument une myriade de feux d'artifice dans sa tête. La terre est molle, poisseuse, l'herbe humide, tendre.

— Black !

La voix de son maître retentit. Il frotte une dernière fois sa truffe contre le sol, et jappe joyeusement. Il regarde cet homme qui a besoin de lui et qui patiente sur le perron. Il s'approche de lui, frotte son museau à ses jambes. Il sent les doigts dans son pelage. L'homme lui caresse la tête, il lui murmure des mots inconnus. La main cherche la poignée du harnais qui enserre ses flans. À la légère secousse dans son dos, il sait que son maître est prêt. Il lève les yeux vers la rue. Il est conscient de sa mission. Pour le protéger, il doit voir, tout voir.

Samuel se laisse guider par le labrador. Il a fini par s'y habituer. Aussi. Comme quoi, on peut s'habituer à tout, même aux situations dont on pensait ne se remettre jamais.

Son chien à ses côtés, il se sent prêt à vivre. À marcher dans le monde. Son pas est lent, sa foulée en harmonie avec celle de l'animal. Il perçoit la puissance du canidé, la maîtrise de ses muscles, la volonté de fer qui le maintient calme sur le trajet. Il continue d'être impressionné par la capacité de dressage du labrador à qui, chaque jour, il confie sa vie.

Samuel laisse pendre sa main gauche, en effleure les murets qui longent le trottoir. Il a appris à lire les chiffres sur les plaques en céramique pour se situer dans le quartier. Il calcule mentalement la durée de sa marche, le temps est devenu pour lui presque palpable. Ses perceptions se sont aiguisées.

Pour survivre, pas le choix.

Ce matin, il va chez Madame Schmidt. La vieille dame veut travailler son équilibre qu'elle a conscience de perdre parfois. Le jeune homme aime cette femme si généreuse qui l'a accueilli chez elle quand il était enfant. Comme une mère, elle lui a offert des petits gâteaux pour le consoler. Pour le faire voyager, au moins avec ses papilles, elle lui a fait découvrir des centaines de saveurs venant d'autres pays. Sans qu'il s'en rende compte, jusqu'à son accident, elle a pris soin de lui. Il sait qu'il lui doit le soutien du voisinage, la confiance qu'elle a su leur insuffler. Il lui doit aussi Black, qui avance sagement et le conduit vers elle.

Une nouvelle plaque sous ses doigts. La texture détonne avec le crépi qui râpe la chair des mains si l'on n'y prête pas garde.

Il fait glisser le bout de son index sur le numéro, suit le tracé des courbes et des lignes en relief.

Un quatre, un zéro. Quarante. Il y est.
Son pouce trouve le rond de la sonnette qu'on entend résonner depuis la rue.

Black a compris.
Le labrador s'engage sur le chemin qui traverse le jardin, la main de son maître tient toujours son harnais.

☙

Madame Schmidt regarde Samuel marcher d'un pas prudent jusqu'à sa terrasse. Dans son cœur, grandit un élan de tendresse pour ce bel homme, encore si jeune, que la vie a abîmé. Elle revoit l'enfant qu'il était, railleur, espiègle, son rire clair qui carillonnait à ses oreilles quand il grimpait et descendait les trottoirs de la rue, fier d'être aussi casse-cou. Une tendance qu'il n'a pas perdue en grandissant, une tendance qui lui a coûté cher, très cher. Trop cher.

Il est des drames difficiles à comprendre, à entendre, à accueillir. Et pourtant, la vieille dame sait, pour en avoir traversé de nombreux dans sa vie, que derrières ces drames, se cache toujours un moment de bonheur, de beauté, d'amour. Pour cela, il faut accepter. Accepter de se laisser entraîner dans la danse du Monde, accepter de trébucher, de se faire marcher sur les pieds. Accepter de perdre le rythme, aussi. Parce que dans cette danse de la vie, l'Amour nous tend éternellement la main. À nous de savoir la tenir fermement, dans une confiance – aveugle.

— Bonjour Samuel ! Entre, je suis heureuse de te voir.
— Je ne peux pas vous répondre la même chose, mais le cœur y est !

Le sourire taquin du jeune homme rassure la vieille dame qui a rougi d'un coup.

Faussement agacée, elle reprend :
— Mais quand cesseras-tu donc de me vouvoyer ? Depuis le temps !
— La bonne éducation a la vie dure Madame Schmidt. Ma maman m'a toujours dit de vouvoyer les grandes

personnes. Et puis, j'aime rester vieux jeu, je passe presque inaperçu dans le quartier !
— Tu sais bien que ce n'est pas le cas ! D'autant que la moyenne d'âge des environs va bientôt baisser figure-toi. Une jeune femme va s'installer dans l'appartement du haut.
Le front de Samuel se plisse, marquant son air surpris.
— Oh, vous avez trouvé une locataire ?
Il soupire et ajoute :
— Il n'y aurait pas eu ces marches, je me serais bien installé avec vous moi aussi. Vivre avec maman a ses limites... J'espère que vous avez pensé à moi pour votre testament !
— Chenapan !
Madame Schmidt prend une intonation mystérieuse.
— Tu verras bien !

Ils rient de bon cœur. Black aboie gaiement dans le jardin, comme pour prendre part à la conversation qui se tient à la porte de la maison. Samuel a posé sa main sur le bras de la vieille dame, elle le mène vers le salon, même s'il connaît déjà le chemin.
— Alors comme ça, vous perdez l'équilibre ? Quelqu'un vous fait tourner la tête ?
— Samuel, un peu de respect pour les vieilles gens ! Si seulement... Mais non. Malgré mon séjour à l'hôpital, j'ai plus de vertiges qu'avant.
— Vous prenez le temps de vous lever lentement ?
— Que veux-tu dire ?

L'expression de Samuel est devenue plus sérieuse. Il fronce les sourcils.
— Madame Schmidt, ne faites pas votre tête de mule. Je vous l'ai déjà répété. Vous devez attendre debout, après vous être levée.
— Oui mais mon garçon, le téléphone...

— Et bien qu'il sonne ! Tant pis. Vous n'allez pas retourner à l'hôpital pour un téléphone si ?
Madame Schmidt grogne, penaude.
— Allez venez, je vous montre, allons à votre fauteuil.

Ils trottinent ensemble, la vieille dame pilote le jeune homme dans le dédale de son living-room. Elle s'arrête devant un vieux sofa, recouvert d'une couverture bariolée. Elle s'assoit dans un grincement, lui tenant les deux mains.
— Voilà, maintenant vous vous relevez.
La vieille femme tire sur sa prise, Samuel l'aide à déplier son corps rouillé.
— Et là, on compte ! Jusqu'à treize !
— Mais pourquoi treize ?
— Parce que ! Ça vous porte chance pour les pas qui vont suivre.

Ensemble, ils comptent à voix haute. Un, deux, trois, quatre… arrivés à douze, la sonnette les interrompt.
— Ah tu vois Samuel, treize, c'est trop long !

☙

Je suis en avance de dix minutes. J'observe la maison qui dégage une énergie bienveillante, comme une boulangère épanouie, aux joues rebondies et au sourire chaud comme ses croissants. Mon cœur est rempli de bonheur d'être là mais je me sens encore intimidée de revoir la vieille dame. Je patiente sur le trottoir, je n'ose pas franchir le portillon déjà ouvert.

Dans le jardin de Madame Schmidt, un chien noir a élu domicile. Le labrador relève la tête, me regarde surpris. Sans avoir aboyé, il repose sa truffe sur le sol, fouille la moiteur de l'herbe, campé sur ses coussinets.

Une silhouette apparaît dans l'encadrement de la porte d'entrée. De la main, elle me fait signe d'approcher. Je m'avance, un œil sur le chien. Un *ouaf* discret sort de sa gorge, comme pour me saluer. Plus sereine, c'est la joie aux lèvres que je murmure :
— Bonjour Madame Schmidt.
— Bonjour ma Véro. Comme je suis heureuse de vous voir de nouveau.
— Moi de même Madame Schmidt, moi de même.
La vieille dame se décale pour me laisser la place.
— Entrez mon petit.

Je frotte mes pieds sur le paillasson, pénètre dans la maison, retrouve les odeurs sauvages que j'ai tant aimées la première fois. Je suis le dos vouté de Madame Schmidt, explore plus avant les lieux du regard. Découvre un individu dans son salon.
Polie, je le salue :
— Bonjour.
Au son de ma voix, l'homme – plutôt jeune – tourne la tête dans ma direction. Ses yeux sont fixes, sombres et vides.

— Bonjour Mademoiselle. C'est vous la nouvelle locataire ?

Sa question directe me prend au dépourvu. Instinctivement, je serre les points. Réponds plus sèchement :

— Non.

— Mais vous n'êtes pas du quartier. Votre voix m'est inconnue.

Madame Schmidt vient à ma rescousse.

— Samuel… cesse donc tes questions. Véro est l'infirmière qui a pris soin de moi à l'hôpital. C'est sa sœur ma nouvelle locataire.

Sur la figure du jeune homme, les traits fins s'animent. Lentement, un sourire en coin s'y dessine. Malgré son regard éteint, son amusement est manifeste.

— Toutes mes excuses Mademoiselle. Je sais que certaines personnes malveillantes profitent de la naïveté des personnes âgées. Alors j'enquête.

— Âgée mais pas sénile Samuel ! Ni sourde d'ailleurs.

Ledit Samuel esquisse une révérence. Madame Schmidt vient tendrement lui pincer la joue.

Je suis sous le charme de cet échange qui vient de s'offrir à mes yeux. J'y perçois toute l'affection et la complicité des années. Une part de moi est jalouse de ne pouvoir y participer.

— Je ne vais pas vous déranger longtemps. Je viens juste chercher les clés et refaire un tour de l'appartement avant l'achat du matériel pour les travaux.

— Vous ne nous dérangez pas mon petit. Vous savez où elles sont, je dois avoir un double dans un tiroir, je vous le donnerai au moment de la signature du bail.

— Merci Madame Schmidt. Je vais jeter un œil, je reviens.

Je m'éloigne. Je ne m'attendais pas à découvrir cet homme chez la vieille dame. Ses yeux éteints, qui semblaient plonger dans les tréfonds de mon âme, m'ont déstabilisée. Je sors de la maison. Le labrador noir vient renifler mes mollets et me suit jusqu'aux marches de l'escalier extérieur que je monte quatre à quatre.

Le parfum des murs vieillis m'assaille dès que j'ouvre la porte, après que la clé a bien voulu tourner dans sa serrure rouillée. Je visite une nouvelle fois chaque pièce, touchant les murs pour vérifier s'ils sont secs. Le son du parquet qui craque accompagne mes pas. Malgré la vétusté apparente, l'appartement dégage une atmosphère douce et accueillante, digne de son antique propriétaire. Avec précaution, je referme la porte au bois fatigué.

Le chien a disparu, l'homme a dû rentrer chez lui.
— Madame Schmidt, je m'en vais.
Le corps de la vieille femme s'est tassé dans son fauteuil en osier, la déception se lit sur son visage. Je me justifie.
— Je ne peux pas m'attarder, je dois aller récupérer mon garçon. La semaine prochaine, il est avec son père. Je reviendrai à ce moment-là si vous êtes d'accord.
Madame Schmidt semble intriguée par ma remarque.
— Vous n'avez votre fils qu'une semaine sur deux ? Vous n'en voulez pas le reste du temps ?

Mon regard s'assombrit. La souffrance d'être loin de mon enfant remonte à la surface. Je prends une grande respiration, réponds calmement.
— De nos jours, certains parents font le choix d'une garde alternée suite à une séparation. Valentin s'est adapté à ce rythme, qui lui permet de profiter de son père et de moi. Il sait qu'il pourra changer les choses plus tard, s'il le souhaite. Nous ne lui imposons rien.

La vieille dame baisse la tête, confuse.
— Je n'y comprends rien à ces histoires de garde. Mais à ma décharge, je n'ai pas eu d'enfant alors veuillez m'excuser si j'ai donné le sentiment de juger. Ce que je peux être bête et maladroite.
Je m'agenouille près d'elle.
— Ne vous inquiétez pas Madame Schmidt.
Je pose la main sur son épaule pour la rassurer.
— À l'avenir, je compte bien venir vous voir plus souvent.

Dans nos yeux qui se croisent, scintille une tendresse infinie.

*

La lumière dans le magasin de bricolage agresse la rétine. Les néons blancs parcourent les plafonds métalliques, les produits exposés luisent sous la lueur artificielle. Quelques clients poussent des chariots surchargés, de planches, de pots de peintures de toutes tailles, d'éléments de décoration.
Mon caddie grince désagréablement.

Je déambule dans les rayons. Pour les portes, je récupère de la lasure marron foncé, du WD40. J'aime peindre à mes heures perdues, même si cela n'arrive que très rarement. Redonner vie à l'appartement chez Madame Schmidt n'est qu'un prétexte : il est dans ma nature de prendre soin. De prendre soin au sens large, des personnes et des lieux.
Dans mon chariot, je rajoute du produit pour lessiver les murs, de grosses éponges jaunes à alvéoles, de la peinture blanche vendue comme « ultra-couvrante ».
Mes pas me mènent vers le rayon quincaillerie.

Je cherche ma voiture des yeux parmi la multitude de véhicules garés sur le parking de la grande surface. Je pousse mon caddie dans les allées goudronnées. Le bruit des roues irrite mes nerfs. Le froid d'octobre est arrivé d'un seul coup. L'air humide me glace la peau.

Aujourd'hui tout est gris, seules les teintes varient. Le ciel est gris anthracite, les nuages gris perle, l'asphalte gris acier. Ma voiture gris souris.

Mes doigts frigorifiés peinent à manipuler la clé. Mon pouce engourdi s'efforce d'appuyer sur le bouton d'ouverture. Un *clac* m'indique que les portières sont déverrouillées. À la hâte, je dépose mes achats dans le coffre, tente de les caler pour éviter qu'ils ne s'éparpillent à chaque virage.

Transie, je ramène mon chariot vide, le fixe avec la chaîne métallique – grise. Avec soulagement, je retrouve l'habitacle aseptisé.

Une pluie battante claque sur le parebrise.

Je peine à distinguer la route entre les mouvements saccadés des essuie-glaces. Les phares rouges de la voiture devant moi sont un guide dans la tourmente. Dans mon cerveau, l'angoisse grandit. Moi qui sais garder mon calme face aux urgences liées à mon métier, je me sens impuissante et minuscule devant la force des intempéries.

Mais il insiste.

Je tente de maîtriser la panique de mon cœur qui cogne fort dans ma poitrine. Mes mains agrippées au volant, je scrute l'extérieur hostile, cherche par où va arriver le danger. Ma conduite passe de prudente à peureuse, mes yeux alternent entre le GPS et les rues qui se succèdent. Je retiens ma respiration comme pour retenir les trombes d'eau qui dehors se déversent.

Plus que cinq minutes de trajet.

Soudain une trouée de lumière. L'averse recule, j'ai l'impression qu'une main invisible vient de fermer un robinet qui fuyait à grandes eaux. Sur la route, les vestiges de l'apocalypse. Des feuilles déchiquetées, des flaques immenses d'où émergent de timides arcs-en-ciel. Les roues déclenchent des gerbes de liquide boueux, arrosent les trottoirs déjà détrempés. J'aperçois les murs roses de la maison de Madame Schmidt. Comme si le monde reprenait enfin des couleurs.

Je sors de la voiture. Dehors, l'atmosphère a changé. La température est déjà remontée, le soleil commence à sécher le revêtement de la route. La nature se réveille, timide, comme après un mauvais rêve.

Les volets de la bâtisse sont tous fermés, ceux du rez-de-chaussée aussi. La vieille dame m'a prévenue qu'elle devait sortir pour un rendez-vous mais qu'elle devrait être revenue à temps pour me voir.

J'ai besoin de plusieurs allers-retours pour transporter mes achats à l'étage. Mes cuisses se souviennent des escaliers de l'immeuble, quand quelques années plus tôt, je transportais bébé, poussette et sacs de courses.

Je déballe le matériel, dispose les outils sur la bâche étalée sur le parquet. Comme pour une intervention, je me prépare.

J'ai enfilé un vieux tee-shirt. L'opération peut commencer.

Madame Schmidt fait quelques pas dans l'appartement. Je suis totalement absorbée par les mouvements de rouleau qui recouvrent peu à peu les motifs d'un autre temps. Discrète, elle s'approche de moi pendant que je termine le mur du salon.

Je recule vers elle, m'arrête à sa hauteur pour embrasser le même point de vue. La vieille dame s'enthousiasme des premières transformations.

— Quelle métamorphose !
— Il faudra une seconde couche, mais oui, c'est pas mal.
— Pas mal ? Un bel euphémisme ma chère, je suis conquise. Émue serait plus juste. J'ai l'impression que c'est de moi qu'il s'agit. Comme si vos mains venaient de me faire rajeunir de quelques années.

Je tourne la tête vers elle, réjouie. La vieille dame m'observe amusée.

— Et vous, vous êtes ravissante !
— Vous vous moquez !

— C'est bien possible. Allez venez, je vais vous offrir un petit remontant de mon cru : un bon chocolat chaud à la cannelle !
— Ce sera avec grand plaisir.

Madame Schmidt enfile son bras sous le mien, m'entraîne jusqu'à sa maison, jusqu'à sa cuisine. Je croise mon reflet dans le miroir de la hotte. De minuscules éclaboussures de peinture constellent mon visage déjà parcellé de taches de rousseur, comme si un artiste avait voulu compléter son œuvre.

Un bâton brun flotte dans le lait qui chauffe à petit feu. La vieille dame y jette quelques cuillerées de chocolat. L'odeur veloutée du cacao emplit la pièce, les poumons. Elle me tend un gobelet plein, puis rit.

Je la regarde, intriguée.

— Je vais vous raconter une histoire qui se serait passée au Rwanda durant la seconde guerre mondiale. Elle est un peu... olé olé ! J'espère que vous ne m'en tiendrez pas rigueur.
— À votre expression, je suppose qu'elle est drôle.

Madame Schmidt hoche la tête, affiche un air mutin.
— Elle l'est !

Elle se lance :
« À cette époque, le Rwanda est une colonie belge. Un général doit bientôt y venir pour passer ses troupes en revue.

Le gouverneur local tient à ce que toutes les femmes africaines se postent sur le bord de la route et qu'elles poussent des cris de bienvenue au passage de la jeep officielle.

Le seul problème, c'est que les femmes indigènes ne portent pour tout vêtement qu'un collier de perles et une mince lanière de cuir autour de la taille.

Le gouverneur décide donc de rencontrer le chef de tribu pour lui exposer l'affaire. Celui-ci lui rétorque que tout ira bien si Monsieur le Gouverneur veut bien fournir des blouses et des jupes.

Le jour de la grande parade arrive. Quelques minutes seulement avant le passage de la jeep du général, le gouverneur découvre que les femmes ont laissé les blouses chez elles – elles ne leur plaisaient pas ! Or, elles sont là, bien rangées sur le bord de la route, en jupes, les seins nus – et pas de sous-vêtements.

Le gouverneur au bord de l'attaque convoque le chef de tribu qui lui assure avoir parlé avec la déléguée des femmes. Celles-ci sont d'accord pour se couvrir les seins à l'arrivée du général.

Le gouverneur abdique, il est trop tard pour discuter. »

Madame Schmidt ménage son effet. Elle me regarde, espiègle.

— Je vous laisse imaginer la tête du général quand, à l'arrivée de la jeep, dans une clameur joviale, les femmes aux seins nus ont soulevé leur jupe d'un geste gracieux pour s'en couvrir le visage !

Nos rires de femmes résonnent dans l'intimité de la cuisine. De fines larmes de gaîté perlent à nos yeux. Nos mains se joignent pour soutenir nos corps hilares, parcourus de joyeux soubresauts.

8

Sous le ciel lourd de nuages, la bâtisse paraît écrasée, plus petite. Plus pâle aussi, soumise à la faible luminosité. La voiture est garée au-dessous des branches maintenant nues des arbres du quartier. Vaira contemple son nouveau lieu de vie, concentrée sur l'atmosphère fantomatique, presque irréelle du moment. Dans sa poitrine un serrement, entre excitation et stress. Quand la réalité vient rejoindre l'imaginaire. Elle est face à elle-même. À cette vie qu'elle a choisi d'incarner.

La jeune femme attrape ses valises à l'arrière de la voiture, une dans chaque main. Chargée de leur poids, elle parcourt les quelques mètres qui la séparent des escaliers. Une à une, elle gravit les marches, reposant ses muscles régulièrement, déposant ses malles pour s'alléger, les reprenant ensuite.

Sur le perron, la porte a repris fière allure. Le bois fraîchement peint a rajeuni de quelques années. Vaira sort la clé de sa poche, la tourne dans la serrure dégrippée. Le verrou claque et résonne dans le silence du matin. La main sur la poignée, la jeune femme prend une grande inspiration. Le temps est venu.

D'abord, l'odeur de la peinture fraîche. L'air de l'appartement est encore empreint des vapeurs chimiques qui ont remplacé les relents de renfermé. À tâtons, elle cherche l'interrupteur. L'ampoule dégage une lumière chaude qui vient éclairer l'entrée. Les murs blancs reflètent timidement la lueur qui tarde à atteindre sa pleine intensité. Elle ouvre les yeux en grand pour ne rater aucun détail.

Le salon est sobrement meublé d'une table ronde en chêne clair. Quatre chaises assorties sont disposées autour, comme pour marquer les points cardinaux. Sur la gauche contre le mur, un buffet à l'ancienne, en bois sombre. La jeune femme y pose son sac à main, ses clés.

Elle rejoint la première pièce, le lit immense occupe la quasi-totalité de la surface. Un miroir au mur, de la largeur du sommier, lui renvoie son sourire. En elle, la joie.

Vaira ouvre la fenêtre, les volets, fait entrer le jour sur sa nouvelle existence. La fragrance du jardin monte à ses narines, le calme et le silence lui apportent un sentiment de paix. Profonde.

Un scintillement attire son regard. Deux pitons aux reflets dorés sont fixés au mur, de chaque côté du matelas. Des images s'invitent en imagination, une once de rouge à ses joues aussi.

L'autre chambre est aménagée en boudoir. La jeune femme caresse le plaid rouge framboise qui recouvre le sofa. La texture est moelleuse sous ses doigts, elle a hâte de s'y lover. Là aussi, un miroir lui fait face, donne de la profondeur à la pièce. Sa silhouette fine s'y découpe, ses cheveux roux en harmonie avec la décoration aux teintes chaudes.

Dans le salon, elle finit d'ouvrir les battants de la baie vitrée. Le mobilier épuré est parfait sous la lumière crayeuse du matin. De nouveau des scènes se jouent dans son esprit, alimentées par les pitons installés cette fois au plafond. La minuscule cuisine est fonctionnelle, elle n'en attend rien de plus.

Les lieux semblent avoir une âme, protectrice. Vaira se sent en sécurité, alignée – vivante. Elle défait ses valises qu'elle a portées jusqu'à son lit, commence à remplir les placards.

La robe noire et brillante qu'elle déplie est souple, fluide dans ses mains. Elle aime que le tissu effleure sa peau quand ses épaules se dénudent. Elle caresse délicatement le vêtement, symbole de sa féminité, de sa beauté, de sa puissance.

Le désir picote le bout de ses doigts. La jeune femme laisse la sensation de chaleur envahir son corps, déferler, la vague d'envie la saisit, brûle son sang, remonte jusqu'au bout de ses seins. Puis telle la marée après avoir atteint son apogée, elle reflue délicatement, dépose sur ses bras, ses pommettes, quelques marques à peine rosées. Les discrets grains de beauté semblent avoir échoué sur sa peau, comme des coquillages sur le sable, encore humide du passage de l'eau.

Vaira aime goûter, savourer, découvrir de nouvelles gammes sensuelles. Elle a appris au fur et à mesure de ses rencontres. Elle a commencé par se laisser attacher. Les mains derrière le dos, le nez dans le coussin. Puis les yeux bandés. Le sexe en érection qui vient caresser son visage. Les coups de langue qu'elle donne, qui trouvent selon, le vide, ou le gland turgescent. S'en sont venues ensuite les fessées. Douces d'abord, puis de plus en plus fortes. L'excitation décuplée qui inonde les reins pour remonter vers le ventre. La jouissance libératrice, qui la livre, pantelante. Elle a hâte de retrouver la connexion à ses sens, libérer la femelle, qu'elle musèle depuis trop longtemps.

Comme une réponse à son envie, son téléphone vibre, puis émet la sonnerie qu'elle a choisie pour symboliser ses nuits.

— Vaira ?

La voix n'est qu'un souffle. Elle reconnaît l'homme qu'elle a rencontré au Link, puis revu au café. Elle est surprise de son appel, elle était persuadée qu'il renoncerait.

— C'est moi.

L'homme semble soulagé par la vibration émanant de la gorge de la jeune femme. Il se lance :

— Où pouvons-nous nous retrouver ? Je voudrais... J'ai besoin que ce soit un endroit discret.

Le ton est tremblant, porteur de honte, de secret. L'écœurement remonte aux lèvres de Vaira. Entre pitié et dégoût. Professionnelle, elle se reprend :

— Je comprends. Il se trouve que je viens d'emménager dans un quartier tranquille. Vous pouvez m'y rejoindre.

— Ah. Parfait.

Elle est obligée de se concentrer sur le timbre de l'homme, tout juste intelligible. Elle donne son adresse, précise qu'il peut se garer sans crainte dans la rue. Elle décrit la maison, l'escalier qui ne dessert que son appartement. Elle perçoit le grattement d'un crayon, les notes prises, fébriles. La respiration anxieuse, haletante, les claquements de langue agacés par l'urgence de raccrocher au plus vite.

— Et... quand ?

Vaira repasse mentalement son emploi du temps, décide de le bousculer dans ses retranchements. Pour tester. Jusqu'où son pouvoir peut l'amener.

— Je peux vous recevoir samedi soir.

— Ah.

Expiration coupée. Silence.

— Ce samedi ?

La jeune femme assène, cynique.

— Vingt heures trente. La nuit sera tombée.

— Bon... très bien très bien.

Vaincu, l'homme écoute Vaira lui imposer ses conditions, son tarif, le déroulé de leur future rencontre. Hagard, il s'entend acquiescer, marmonner un « merci ».

— Si tout est clair pour vous, je vous dis à samedi. Vous pourrez monter directement, il n'y a pas de portail.

La jeune femme est tranchante. Sa pitié s'est muée en colère. Sourde. L'adversaire n'était pas à la hauteur. Elle s'étonne encore de l'entendre répondre.

— À samedi alors. Bonne journée.
— Bonne journée.

Elle raccroche la première. Rageuse. Frustrée. Elle aurait dû refuser, ne pas donner suite. Cet individu ne méritait que son indifférence, son mépris. Sa mollesse l'écœure, son ton presque suppliant l'exaspère.

Et en même temps, elle voudrait le piétiner encore, pour voir jusqu'où peut aller un homme.

Pour quelques heures de corps à corps volées.

Pour obtenir cette femme, qui n'aurait jamais voulu de lui s'il n'avait pas payé.

☙

Madame Schmidt entrouvre ses volets, frissonne au contact du métal glacé dans ses mains. Son corps se penche vers l'extérieur pour les fixer contre le mur, son nez dégage des volutes blanches dans la brume matinale. Les muscles de son dos tirent, lui arrachent une grimace. Elle sait que bientôt, il faudra qu'elle accepte de sortir dans son jardin, faire le tour des fenêtres pour rabattre les battants un à un. Que cette gymnastique va devoir cesser. Elle constate avec amertume le déclin de la machine. Les libertés qu'elle perd, les unes après les autres. Comme accrocher ses volets depuis la chaleur de sa chambre.

La vieille dame relève la tête, reconnaît la voiture dans la rue, stationnée devant la maison. Vaira a dû arriver au petit matin, silencieuse, discrète. Elle n'entend aucun son de pas au-dessus d'elle. Pourtant elle sent comme une présence. Qu'aujourd'hui elle n'est plus seule. Madame Schmidt aimerait inviter la jeune femme pour un thé, pour apprendre à la connaître. Elle hésite, elle a peur de déranger. Mais elle est curieuse. Bien que cette femme rousse l'impressionne, elle perçoit en elle une fragilité, une fêlure. Elle voudrait percer son secret. Et c'est cette dernière pensée qui l'emporte.

Madame Schmidt toque à la porte. Le battant s'ouvre sur le sourire de Vaira.

— Bonjour Madame Schmidt.

La vieille dame est soulagée par l'accueil de la femme debout devant elle. Celle-ci arbore une tenue simple, près du corps, libre de ses mouvements. Engoncée dans son antique robe de chambre, Madame Schmidt a honte de se présenter ainsi à sa locataire mais elle ose aller jusqu'au bout de sa démarche.

— Bonjour Vaira. Je voulais savoir si vous accepteriez mon invitation à prendre le thé, pour réchauffer cette journée quasi-hivernale.
— Ce sera avec grand plaisir.
La jeune femme a répondu spontanément.
— Vous descendez avec moi ?
— J'attrape ma veste, je vous suis.

Madame Schmidt se tient fermement à la rambarde. Son équilibre incertain, elle pose un pied, puis l'autre. Une à une, marche après marche, elle rejoint avec lenteur l'allée qui contourne la bâtisse jusqu'au perron.

Elle espère que Vaira ne mesure pas combien cela lui a coûté de monter jusqu'à son appartement. Si elle réalisait les conséquences de son invitation, la fatigue, le risque de chute, elle chercherait un moyen de lui éviter l'ascension et la descente des escaliers. Ce que la vieille dame refuse – certes par fierté.

— Bienvenue !
Un serrement au cœur se lit sur le visage de Vaira. Comme si elle avait perdu l'habitude de la chaleur humaine, enfin de cette chaleur-là, pleine de bonté, de bienveillance, d'altruisme.

Madame Schmidt la regarde découvrir les lieux : le mobilier hétéroclite, les objets disséminés un peu partout, accumulés par toute une vie.

— Je vous en prie, asseyez-vous.
Elle lui désigne le canapé. Un chat tigré dort à un bout, lové en cercle dans une couverture sable, une patte posée sur son museau. La jeune femme s'assoit délicatement afin d'éviter de le réveiller. Le léger ronronnement du félin sonne comme une musique apaisante, presque vibrante.

Sur la table devant elles, sont disposées deux tasses en porcelaine blanche sur leur soucoupe, décorées de feuillage sauvage peint à la main. Des senteurs de jasmin émanent du thé brûlant, des odeurs de pomme du cake tiède.

La vieille dame se justifie :

— J'espérais bien que vous viendriez ! J'avoue avoir anticipé votre présence.

— Ne vous inquiétez pas Madame Schmidt, je me sens surtout accueillie, non envahie.

Petit rire nerveux.

— Alors ça va. Allez-y goûtez. C'est meilleur quand ça sort du four.

Vaira saisit une tranche chaude avec précaution. En miroir, Madame Schmidt porte un morceau du cake à ses lèvres. Elle retrouve la touche de cannelle, le goût du beurre frais qui envahit les papilles. Elle regarde la jeune femme se régaler de la texture spongieuse du gâteau, qui fond au contact avec la langue, elle observe son corps entier qui se détend.

— C'est délicieux !

— Vous m'en voyez ravie.

— Il faudra juste que je veille à ne pas venir petit-déjeuner chez vous tous les matins. Ma balance en deviendrait vite désagréable.

— Je comprends. Mais sachez que vous serez toujours la bienvenue ici.

Une microseconde, Madame Schmidt aperçoit l'éclat fugitif d'une larme, que la jeune femme balaie d'un sourire exagéré.

La vieille dame observe Vaira continuer la conversation : légère, ayant retrouvé son assurance, presque hautaine.

L'image subliminale de la brèche persiste dans son cerveau et procure à son corps mal à l'aise une sensation de déjà-vu.

◊

La robe noire dessine ses courbes à la perfection. Elle a enduit son corps de crème veloutée parfumée, une myriade de paillettes contenues dans le produit étincellent sur sa peau. Telle une déesse mythique, elle se meut avec grâce jusqu'à la salle de bain, maquille ses yeux en amande d'un trait d'eye-liner. Elle recouvre ses lèvres ourlées d'un gloss cerise, assorti à la poudre tapotée au pinceau sur ses pommettes.

Vaira prend du recul, tourne sur elle-même. Son reflet lui convient. Elle aime la force et l'élégance qui émanent d'elle. Elle aime arborer sa puissance de femme comme un bijou.

Ce soir, c'est Dominique qu'elle retrouve. Elle lui a transmis sa nouvelle adresse, il vient la chercher. Leur rencontre se déroulera en deux temps, comme souvent avec lui. Ils ont convenu qu'elle l'accompagnera à une soirée de bienfaisance, le dénouement de leur rendez-vous aura lieu à son appartement. La jeune femme a déjà anticipé le scénario, organisé les lieux. Elle a pris le temps de répéter la scène, seule, disposant à portée de main, les objets dont elle pourra avoir besoin. Contrôle.

Vaira promène un regard circulaire sur la pièce principale, satisfaite.

Tout est prêt.

L'homme gare son cabriolet dans la rue. Il apprécie le choix du quartier, calme, discret, à l'abri des rencontres importunes. Pour l'instant il ne montera pas. Plus tard. Il aime jouer avec son propre désir, se délecter de l'attente. Il est curieux de revoir la jeune femme, de constater de ses yeux la façon dont son énergie a évolué. D'appréhender le potentiel maintenant exploité.

Les lumières à l'étage de la maison s'éteignent. Il aperçoit une silhouette gracile descendre les marches, avancer dans sa direction, aérienne. La femme qui vient à lui est l'incarnation même de Lilith, divine diablesse. Sa démarche chaloupée est une invitation à regarder ses courbes, son corps parfait. Sa chevelure rousse en liberté s'affole dans la brise qui souffle cette nuit.

L'unique pensée de l'homme à cet instant est que son ami n'a pas mâché ses mots. L'époustouflant papillon est définitivement sorti de sa chrysalide.

Dominique descend de sa voiture. Prévenant, il vient lui ouvrir la portière. Galanterie d'un autre siècle.
— Bonsoir Vaira.
— Bonsoir Dominique.

Sa voix légèrement éraillée fait sourdre le sang de l'homme jusqu'à son bas-ventre, attise le volcan qui coule dans ses veines. Gardant la maîtrise de ses gestes, il claque la portière, prend le volant, impassible.

Ils roulent. Le paysage nocturne défile autour d'eux. La jeune femme regarde droit devant elle, s'imprègne de l'ambiance obscure que les rares éclats de lumière viennent entrecouper. L'homme promène sa main sur sa cuisse, remonte par la fente de sa robe, sent la dentelle du bas sous ses doigts. Sourit. Il aime avoir à ses côtés cette splendeur aux yeux qui pétillent. Vaira ne bouge pas. Pas encore. Ils savent que son tour viendra. Ensuite.

D'abord ils vont frôler leurs corps, anonymes dans la foule. Badiner avec légèreté, s'épier, pour mieux se prendre.

Ils arrivent à la réception, se mêlent aux convives à l'entrée. Vaira entame la conversation avec un couple, écoute avec attention la description d'un des projets de l'association. Il s'agit de reforestation. De redonner à la terre les arbres que l'homme a détruits, de redonner aux animaux une habitation, une protection, aux peuples locaux un moyen de survie. Dominique sait que ce sujet lui tient à cœur, il n'a pas choisi ce lieu par hasard.

La jeune femme prend plaisir à discuter, virevolte de groupes en groupes. Au serveur qui se présente de façon répétée, elle refuse tout verre d'alcool. L'objectif de la soirée est en toile de fond dans sa tête, elle veut garder les idées claires, rester maîtresse d'elle-même. Elle surveille Dominique d'un regard en coin, maintient la tension entre eux par son corps qu'elle vient presser contre le sien, réveille son appétit en se dérobant aussitôt qu'il approche une main. La convoitise monte à ses lèvres, qu'elle humidifie de sa langue, consciente de l'effet provoqué chez l'homme qui la raccompagnera tout à l'heure.

Maintenant.

D'un mouvement de tête, ils décident de quitter le cocktail. Dominique lui tend les clés.

Vaira conduit le cabriolet de l'homme. Souveraine. Comme elle conduira dans quelques instants. Ils arrivent aux abords de la maison, pâle sous la clarté de la lune. Elle gare la voiture plus haut dans la rue – discrète. La jeune femme s'extrait du siège, quitte la chaleur de l'habitacle dont elle rabat la portière. Sans même vérifier qu'il la suit, elle pénètre dans le jardin jusqu'à la villa, monte les escaliers, ses talons claquant dans le silence de la nuit. Elle s'efface pour le laisser entrer, puis referme la porte derrière lui.

Dominique se tait. Il la toise.

Vaira plante son regard dans le sien. Et sans ciller, vient lui mordre la lèvre. Jusqu'au sang. Elle lèche la goutte rouge qui perle. Il n'a pas bougé.

Elle le guide dans la pièce. Prend sur la table le masque, le noue sur les yeux bleus qui la fixent. La bouche de l'homme s'assèche, le désir monte, gronde. Vaira tend la main vers les sangles qui pendent du plafond. Il se laisse faire. Un poignet. Puis l'autre. Elle sent son visage s'empourprer, son envie déferler. Un à un, elle défait les boutons de la chemise en coton pour toucher la peau à peine granuleuse qu'elle redécouvre. Elle dessine des arabesques du bout des doigts, alterne pulpe, ongle. Un râle sort de la gorge de Dominique. D'un mouvement du menton, il lui fait signe de regarder dans sa veste. Elle saisit dans la poche intérieure une enveloppe. L'entrouvre. Sort les billets. Le compte est là.

Elle se mordille la lèvre. Elle a du mal à se retenir maintenant. L'adrénaline est montée d'un coup et la surprend encore. D'un geste sec, elle défait ceinture et bouton. Le pantalon tombe laissant apparaître le tissu bombé. Vaira libère le sexe qui claque sur le ventre.

Enfin.

La cravache siffle, s'abat sur les fesses de l'homme. La peau rougit sous l'impact successif des coups que Vaira assène. Il se cambre, quémande un « encore ». Le liquide séminal perle sur le gland violacé, goutte sur le parquet ciré depuis peu. La jeune femme frotte son pubis contre l'épiderme en feu, agrippe la verge dure à pleine main, titille l'extrémité renflée avec son pouce qu'elle porte à sa bouche. D'un geste expert, elle libère les bras des sangles qu'elle menotte entre eux dans le dos. Elle assoit fermement l'homme sur la chaise qu'elle a positionnée derrière lui. Le contact de son fessier meurtri lui arrache un glapissement. Sur la table, elle saisit le préservatif qu'elle enfile en quelques secondes sur le sexe dressé.

L'homme retient son souffle. Il l'entend soulever sa robe, devine qu'elle se défait de la dentelle qu'elle fait glisser le long de ses jambes gainées de noir. Son cerveau capte encore le moment où elle l'enfourche, perd pied lorsque dans une lenteur atroce, elle s'empale sur lui.

*

Samedi soir. Le vent glacé fait trembler les vitres de l'appartement. Donne l'impression que l'hiver est déjà là alors que le mois de novembre n'est pas encore entamé. La flamme des bougies disposées sur les rebords des fenêtres oscille, agitée par les mouvements d'air subtils impossible à détecter sinon. La cire brûlante exhale son parfum musqué, embaume les pièces, diffuse son odeur entêtante.

Vaira s'exaspère. Elle attend l'homme du café, déjà vingt minutes de retard. Une part d'elle espère qu'il ne viendra pas. Elle se sent lasse, tout à coup. Son masque craquelle. Imperceptiblement.

L'homme est dans sa voiture. Il est arrivé à l'heure mais n'a pas bougé de son siège. Depuis la protection de ses vitres teintées, il observe l'ombre de la jeune femme qui va d'une fenêtre à l'autre, le guette. Il hésite, encore. Comme il a hésité à chaque instant depuis qu'il l'a aperçue au bar, à chaque minute de leurs échanges brefs et sporadiques.

L'obstination de posséder cette femme le tient en haleine pourtant. Il refuse de céder à la peur qu'elle lui inspire. La rage le pousse hors de son véhicule. Il est prêt à bondir vers sa proie.

La bise glaciale l'arrête net. Son sang refroidit, son cœur se serre, cogne fort dans sa poitrine.

L'homme lève les yeux vers la lumière de l'étage. Dans sa poche, il sent les coins de l'objet qui lui piquent les doigts. Il sort le carton noir, le V argenté miroite sous la lueur du réverbère.

Ses épaules encore tendues s'affaissent. Son cou cède. Sa tête bascule contre son torse.

Dans un soupir, il jette la carte de visite dans la boîte aux lettres, vaincu.

Vaira entend la voiture qui démarre. Elle observe l'homme qui fuit. Elle se laisse retomber sur le sofa, s'enroule dans la couverture rouge, couvre son corps.

Plus tard, elle retirera le body qui l'enserre, le porte-jarretelle qui la compresse. Ici et maintenant, elle savoure la douceur, comme un instant volé.

Soulagement.

9

Amélie prépare un thé dans la salle de repos. Les bruits de l'hôpital nous parviennent étouffés, la vie bruisse à l'extérieur. Ici nous sommes en pause, une autorisation à arrêter provisoirement la partie, pour mieux la reprendre ensuite.

Des mugs dépareillés sont disposés sur le plan de travail, attendant de recevoir le liquide fumant. Avec application, Amélie verse quatre petites cuillères d'une mixture odorante dans l'antique pot en porcelaine. Je contemple ses gestes gracieux avec envie.

Amélie est infirmière – aussi. Elle exerce son métier avec la tendresse d'une mère aux bras doux et accueillants. Une mère que je n'ai pas eue et que je m'efforce d'être. J'admire la légèreté qui se dégage de sa silhouette imposante, comme si l'apesanteur n'avait pas de prise sur elle. Elle porte ses rondeurs avec panache et je soupçonne nos patients de rêver se blottir contre son corps douillet.

La fatigue me rattrape.

Je me noie dans un brouillard de sensations.

Je ne comprends pas pourquoi.

Le vacarme de la bouilloire me sort de ma torpeur. Je ne sais pas comment je tiens debout, comment je peux encore faire face à mes amies qui me regardent avec tendresse.

Emma me serre dans ses bras.
— Ne t'en fais pas, on va se débrouiller sans toi !
Amélie acquiesce, parle fort pour couvrir le son de l'eau qui chauffe dans l'engin infernal.
— Mais oui ! On sait les bichonner aussi tes patients.
— Quand même, dix jours c'est long, vous êtes certaines que ça ne vous coûte pas trop ?
— Ce qui nous coûte, c'est que tu doutes ! Allez Véro, arrête de culpabiliser. Tu les as méritées ces vacances, même Chef a donné sa bénédiction !
Je soupire.
— D'accord. Vous avez raison.
— Bien sûr qu'on a raison. Et Valentin sera le premier à te le dire.

L'évocation de mon fils chasse quelques lambeaux de brume. Une éclaircie se fraie une place au milieu des nuages dans ma tête.
— C'est vrai. Il est gentil, il ne réclame jamais vraiment mais nous avons peu de moments ensemble. Je sais que ça lui manque.
— Tu vois bien ! Et le temps pour toi te ressourcera. Tu verras, tu nous reviendras en pleine forme !

Emma fait un grand sourire pour m'encourager. Je ne gère pas les départs. Dans le travail, comme dans le reste de ma vie, je m'investis totalement. Parfois trop. Comme pour fuir une part de moi-même.

Amélie nous tend à chacune une tasse brûlante, ses lunettes s'embuant sous la chaleur des vapeurs. Les effluves de thé m'emplissent les narines, je salive déjà. En silence, nous savourons quelques gorgées de cette boisson parfumée. Nos joues reprennent lentement des couleurs.

— Tu vas rester par là ou tu vas partir ?
— Je vais essayer d'organiser quelques jours à la mer avec Val. J'aimerais aller me balader sur la plage, m'étourdir d'iode marin. Je crois que changer d'air me fera du bien.
— Bonne idée ! Rien de mieux que de troquer les odeurs de l'hôpital contre les odeurs de moules avariées !

Amélie et moi regardons Emma avec de gros yeux surpris et nous éclatons de rire d'une seule voix. Notre trio est soudé par les années traversées ensemble au CHU, les jours gais et les jours tristes. Notre cœur sait que nous pouvons compter les unes sur les autres, que nous serons là, unies, main dans la main.

Je repose mon mug sur la table en formica. Emma me prend par la taille, me serre contre elle. Elle a vu le nouvel éclair de mélancolie dans mes yeux. Elle pose sa tête sur mon épaule, ses cheveux blonds en épis viennent me chatouiller l'oreille. Elle me donne un léger coup de hanche.

— Allez file Caliméro. Il faut qu'on retourne travailler, nous !

Emma dépose un baiser léger sur ma joue, son nez s'attarde une seconde pour respirer discrètement le parfum de mon cou. Elle s'éloigne vers la porte, Amélie la rejoint.

— Tu n'oublies pas la traditionnelle carte postale hein ?
— Promis !

Je reste seule après leur départ. Je lave les tasses à l'eau tiède, les fais sécher sur l'égouttoir rouillé. Mon corps émerge peu à peu, je sens la chaleur remonter le long de mon dos, s'étendre à mes omoplates, réveiller mes muscles. Une détermination nouvelle s'empare de mes bras, mes jambes, ma mâchoire. J'ôte ma blouse, la lance en boule dans le panier à linge à disposition.

Changement de peau.

*

L'infinie étendue d'eau étincelle des rayons rasants du soleil. Au large, de rares mouvements de mousse lactée perturbent l'immobilité apparente de l'onde. Des mouettes volent au ras de la surface, guettent l'éclat d'une écaille. Leurs cris rageurs témoignent de leurs déboires quand elles reprennent de la hauteur.

Je contemple le ballet des oiseaux depuis la plage. Les cercles concentriques avant le plongeon, les corps lourds qui semblent tomber, qui se redressent d'un virement d'ailes. Les plumes se découpent, miroitent, dans l'azur pur de nuages. L'œil rond cerné de duvet noir fixe la prochaine proie.

Je détourne la tête, croise le regard de Valentin à quelques mètres sur ma droite. Une mèche de cheveux blonds vient se coller à son nez, moite d'air marin, se détache, se glisse entre ses lèvres gercées. Je lui fais mon sourire ravageur dont j'ai le secret, guette sa réaction. Je ne suis pas déçue.

Sous son bonnet de laine vert sapin, les yeux de mon fils se plissent, les coins de sa bouche s'étirent, découvrent ses dents nacrées. Les fossettes à leur tour s'arrondissent, l'ensemble de son visage s'illumine comme d'un feu sacré. Au milieu des roulements de la mer, j'entends son rire clair qui sonne, sa joie qui se mêle à la mienne.

Comme l'enfant qu'il est encore parfois, il s'élance, me rejoint en courant, se jette dans mes bras ouverts, son cocon d'amour.

— On y va ?

Je fixe Valentin avec malice. Le pompon de son bonnet oscille au hochement de sa tête.

D'un même geste, nous défaisons nos lacets, les desserrons, retirons nos chaussures. Nous tassons les chaussettes au fond de nos tennis pour ne pas les perdre, attachons les paires entre-elles pour en faire un petit baluchon. Les doigts de pied de Valentin fouillent le sable, de minuscules grains se coincent sous ses ongles. Il me regarde rouler patiemment le bas de mon pantalon jusqu'aux genoux.

Nous nous relevons, saisissons nos baskets d'une main, nous tenons par l'autre. Ensemble, nous avançons vers l'écume. La mer nous lèche les jambes, timide, se retire et revient. L'eau glacée enserre mes mollets, le sang bat fort dans mes orteils bleus. Peu soucieux du froid, Valentin sautille sur le rivage, joue à échapper aux vagues qui inlassablement reviennent poursuivre ses pieds.

Le cœur empli de tendresse, je regarde mon fils. J'oublie mon quotidien, j'oublie mes tourments, j'oublie l'heure.

Nous remontons la plage, nos chaussures à la main, le bas de nos vêtements détrempé. Sur la route, nous continuons pieds nus, insensibles aux gravillons sur le bitume, aux anfractuosités du goudron. Le regard désapprobateur des passants nous amuse, renforce notre sentiment de liberté, intense.

J'ouvre la porte de l'appartement loué pour l'occasion, minuscule mais fonctionnel. L'odeur âcre des radiateurs électriques nous reçoit, une atmosphère asséchée l'accompagne. Ce contraste avec l'extérieur nous comble d'aise et la chaleur du jogging râpeux finit de nous enchanter.

Pour mon adolescent affamé, j'improvise un goûter avec du pain beurré, saupoudré de chocolat en poudre. D'un mouvement expert, il saisit chaque tartine sans perdre une once de cacao, en engouffre trois entre des gorgées de limonade. Malgré mon application, je manque de m'étouffer à la première inspiration bouche ouverte. Mon fils se moque de moi, révélant des dents brunes de chocolat. Le cacao se mêle à ma salive, je renoue avec les saveurs de l'âge tendre.

Je réalise que c'est aussi ça la magie d'être mère. Revivre avec son enfant les petits bonheurs du passé.

*

— On fait un jeu ?

Valentin est affalé sur sa chaise. Ses cheveux lui tombent dans les yeux, il les repousse du bout des doigts machinalement. Qu'il me préfère à sa console relève du miracle.

— Avec plaisir ! On a quoi sous la main ?

Il pose son poing sur sa bouche, en grande réflexion.

— Ben au moins un jeu de cartes ! Bataille corse ?

— D'accord.

Nous posons chacun une main sur la table, à côté de notre tas. Le duel commence. Nous enchaînons les cartes une à une, rions quand un valet nous vole la victoire. L'appartement résonne du bruit sourd de notre paume qui frappe la donne chaque fois que deux valeurs identiques apparaissent. Val est rapide, il accélère encore le rythme des cartes, sa concentration est totale. Je sens son envie de gagner, forte. Son besoin de revanche, un peu. Je mime un visage consterné chaque fois qu'il remporte le tas de cartons. Il finit victorieux, son air espiègle me ravit.

Je me réjouis de chaque seconde de sa présence à mes côtés, pleine de gratitude pour cet instant de vie.

— Ça te dit qu'on aille faire un tour de vélo demain ?

— On les a pas pris maman !

— On peut en louer, j'ai vu une pancarte.

— Si tu veux…

L'ado râle. Je pouffe.
— On verra plus tard. Allez, va dans ta grotte sauvageon.
Val souffle, se lève, traîne des pieds jusqu'à la chambre. J'entends le sommier qui couine quand il se jette à plat ventre sur le matelas, puis la musique de son jeu vidéo qui tourne en boucle. C'est donc au son indémodable de Mario® que je rédige la carte postale que j'ai achetée pour Emma et Amélie.

— On mange quoi M'man ?
Val saute sur notre lit, tente un saut périlleux, retombe en riant sur la couette aux motifs d'ancres bleu marine. Je considère mon fils, ses jeux qui oscillent encore entre l'enfance et l'adolescence. Je n'ai pas hâte des moments où il faudra lutter contre l'homme en devenir, quand les hormones se chargeront de transformer sa générosité en indifférence. J'espère juste que l'épisode ne durera pas trop longtemps. En attendant, je profite de mon petit bonhomme.
— Je pensais qu'on pourrait se faire un plateau de fruits de mer, le restaurant du village est ouvert. Ça te dit ?
— Top ! On y va ? J'ai faim !
— C'est l'air marin, ça creuse.
— Alors go !
D'un bond, Valentin atterrit sur le parquet. Rouspète contre le sable accumulé dans ses baskets qu'il secoue par la porte ouverte.

Le perron est recouvert d'une fine poudre blanche, mélange de sel séché et de poussière de la plage. L'empreinte de nos pas s'y dessine quand bras dessus, bras dessous, nous franchissons le seuil du studio, accueillis par le vent qui entre temps a forci.

10

— Samuel ! C'est pour toi !

D'un pas tranquille, Samuel traverse le couloir, rejoint la tablette sur laquelle est posé le téléphone sans fil sur sa base. Aujourd'hui, il n'a plus besoin d'effleurer les murs lorsqu'il se déplace dans un lieu déjà connu. Son corps éprouve les distances, comme si la surface de ses avant-bras détectait les radiations de chaleur émanant des parois.

Samuel perçoit les présences comme on perçoit une porte ouverte dans son dos. Des sensations de plein et de vide. Les mouvements de l'atmosphère des lieux. Le monde a pris de la densité, de l'épaisseur. Ce qu'il a perdu avec ses yeux, les images, les volumes, son esprit le recrée grâce au développement de ses autres sens.

Samuel ne vit pas dans un noir total. Il vit dans un monde flou, d'ombres et de lumières.

L'apprentissage a été long. Douloureux. Il ne sait plus s'il a hurlé à son réveil à l'hôpital. À l'intérieur de lui sûrement. La terreur de découvrir la nuit, partout, tout le temps. Plus jamais les couleurs, les vibrations du monde, plus jamais les visages des gens qu'il aime. Plus jamais. Deux mots qu'il a dû apprivoiser, accepter. Comme il a dû apprivoiser la nuit. Au début, il n'y avait rien. Mais son cerveau a trouvé d'autres connexions, d'autres chemins. À l'apparition de la première auréole brillante, il a pleuré.

Parfois, il repense à ce virage qu'il a pris trop serré, au bruit des graviers qui ont crissé sous ses pneus, la barrière devant lui. Et puis plus rien. Les médecins ont été formels : commotion cérébrale, lésion du nerf optique. Le diagnostic est tombé comme un couperet.
Il a eu envie de mourir. Il s'est demandé pourquoi il était encore là. À dépendre dorénavant des autres. De sa mère de nouveau, comme un enfant qu'il n'est plus. Tellement de colère, de honte, de tristesse.

Et puis, il y a eu cette lumière dans ses yeux morts. Un espoir dans les ténèbres. La peur a reflué. Un peu. Assez pour accepter l'arrivée de Black. Son chien près de lui, il a réappris à marcher seul, ou presque. Aujourd'hui cet animal est son guide. Il aime son odeur musquée, la texture de son pelage, le son de ses gémissements amicaux. Il aime entendre son pas, les cliquetis de ses griffes sur le sol. Il aime leur complicité surtout, il est le frère qu'il n'a pas eu.

Sa renaissance, Samuel la doit à ses mains. Ses mains qui sont devenues sa vue, son lien. Il a redécouvert son métier. Soulager les corps par le toucher, le contact de la peau. La Vie l'avait mis sur la voie.

Oui, aujourd'hui il est vivant. Il est même Vivant, autrement. Il exerce ses talents de kinésithérapeute avec une conscience accrue de son utilité, d'être au service des autres. L'intention de soigner est là, puissante, totale. Parce qu'en soignant ses patients, il soigne la Vie.

Et il se soigne, aussi.

☙

— Oui allô ?
Le timbre de Samuel est doux, enveloppant. Sa voix à elle-seule est déjà un baume pour les douleurs, un avant-goût de la chaleur de ses paumes.

— Samuel ? C'est Hilda Schmidt à l'appareil.
— Madame Schmidt ! Comment allez-vous ce matin ?

Madame Schmidt s'arme de courage, ravale les sanglots qu'elle verse depuis l'aube.

— Petite forme mon Samuel, petite forme. J'ai du mal à quitter mon lit.

Elle se sent mal d'avouer ses faiblesses. Le jeune homme réagit sans attendre.

— Vous voulez que je passe vous masser ? Je pense que cela vous aiderait à vous débloquer.

La vieille dame ne retient pas un soupir de soulagement.

— Je t'avoue, c'est ce que j'espérais. Tu as du temps devant toi ?
— Pour vous toujours, vous le savez bien ! Je devrais pouvoir être chez vous d'ici une trentaine de minutes. Ça vous va ?

Des larmes de reconnaissance montent à ses yeux.

— Merci Samuel. C'est adorable. Je peux te demander une dernière chose ?
— Mais oui bien sûr. Dites-moi.

Après les sanglots, c'est sa fierté qu'elle ravale.

— Je ne suis pas sortie depuis plusieurs jours. Je n'ai pas eu la force d'affronter l'humidité et le froid. Tu veux bien prendre le courrier dans la boîte aux lettres et me l'amener ?
— Ce sera fait M'dame !

Il raccroche. Madame Schmidt sourit. Ce jeune homme est un cadeau du ciel. Il est le fils qu'elle n'a pas eu, qu'elle n'a pas voulu avoir. Elle ne le regrette pas. Elle a largement reçu son lot de rencontres, jusqu'à encore récemment, avec Véro. Mais si elle avait dû avoir un fils, elle en aurait voulu un, comme lui.

Madame Schmidt essaie de se relever comme elle peut, elle ne veut pas que Samuel la voie trop avachie. Elle appuie sur ses mains faibles, ses poignets la tiennent à peine. Les larmes se remettent à couler sur les sillons de son visage, dévalent dans l'encolure de sa chemise de nuit, contre son cou flétri. Dans un élan de rage, elle arrive à remonter sur ses coussins et puis retombe, épuisée.

Son corps l'abandonne, elle le sait. Elle a remarqué avec clairvoyance les signaux d'alarme qui s'accumulent. Elle essaie d'y résister. Pourtant, elle les a vu dans ses voyages, ces regards qui disent qu'ils sont prêts. Chez l'ancêtre couché sur sa natte, le souffle de plus en plus pénible, chez l'enfant tremblant sur son drap, bientôt emporté par la fièvre. Une résignation, une acceptation. Jusqu'à l'envie que tout s'arrête. Dans son cœur, lisant ces visages, elle savait.

Mais elle n'en est pas là. Elle parle à son corps, elle voudrait savourer davantage, elle lui demande de tenir. Elle est prête à endurer les douleurs, peu importe le prix, pour la joie de partager, encore, quelques instants de vie. Un triste sourire sur les lèvres, elle patiente, son corps perclus allongé dans ses couvertures. Samuel va arriver et elle pourra se lever, marcher, s'offrir dans l'existence quelques pas de plus.

La rue est silencieuse, la brume glacée a découragé les promeneurs matinaux. Au loin, les vrombissements des moteurs résonnent en un grondement sourd, forment une lisière sonore au grouillement humain. Black halète, forme un nuage épais devant son museau, que son maître devine à la chaleur près de sa main. L'animal trottine avec légèreté, insensible à la météo hivernale, satisfait de dégourdir ses membres.

Sous le nez de Samuel, perle une gouttelette. L'humidité s'accroche à sa barbe naissante, il contracte les mâchoires dans une tentative de réchauffer ses joues. Il serre et desserre ses poings, cherche à désengourdir ses doigts.

Le jeune homme allonge sa foulée, il voudrait être déjà arrivé. Il a compris à ses silences le désespoir de Madame Schmidt. Il palpe les minutes qui se sont écoulées depuis qu'il a raccroché, pressent l'urgence. Il éprouve le temps comme un amas qu'il mesure, perçoit l'espace qui le sépare d'elle, qu'il réduit à chacun de ses pas.

Au numéro quarante, Samuel contourne le muret. Sa main cherche le métal de la boîte-aux-lettres, puis celui de la clé. Il force le quart de tour dans la serrure, tire sèchement sur la porte gelée dans son armature. Il rassemble le courrier en une pile qu'il saisit. Machinalement, il inspecte le fond en frottant ses phalanges. Le coin d'un bout de carton vient lui piquer la pulpe du majeur. Il attrape l'objet, le fait tourner entre trois doigts. Son pouce effleure la surface. En relief, un V.

11

Je contemple Valentin qui dort encore.

Il dort comme il dormait bébé, impassible au monde qui s'agite autour de lui, dans la protection de ses rêves, de son souffle calme, son visage lisse et détendu.

Je lui griffonne un mot que je laisse par terre, bien en vue au milieu du salon. J'ai éteint mon téléphone.

Je marche vers la plage, ballottée par les rafales de vent. J'ai besoin de me confronter aux éléments. De m'immerger totalement dans la Nature. Je profite des premières heures du jour, de la solitude à perte de vue, sur l'étendue de sable. Le ciel et la mer se confondent, on ne sait pas où l'un s'arrête et où l'autre commence. Qui d'un nuage ou de l'écume vient troubler la surface gris-bleue.

Mes pas s'enfoncent dans le sol souple, les grains volettent à chaque empreinte, tourbillonnent jusqu'à mes joues. Mes dents crissent des minuscules minéraux qui s'insinuent entre mes lèvres, que je tente de repousser de ma langue en vain. Les bourrasques me bousculent, donnent à ma démarche un air d'ivresse.

Je m'arrête, ferme les yeux. Les bras écartés, je bascule sur les talons, me livre à la pesanteur, laisse le poids de mon corps en appui sur la force des vents. Je sens la Vie me porter, dans la puissance de sa violence, dans la violence de sa puissance. Je reste suspendue dans l'instant, entre deux, en équilibre instable. Je m'oublie dans l'immense, me fonds dans le Tout. Ma poitrine s'ouvre, l'afflux d'oxygène vient irriguer les cellules de mon cerveau, de petites bulles de couleur éclatent derrière mes paupières serrées.
Dans ces secondes qui s'étirent, la solitude a disparu, j'ai l'impression de ne faire qu'un avec l'Univers.

Des voix au loin me sortent de ma transe, je repose mes pieds sur le sable. Je garde sur la langue la saveur de la paix qui m'a habitée, le temps d'un soupir. Déjà la sensation file entre mes doigts, s'échappe, et de nouveau, le vide.

Je ne peux plus lui échapper.

En moi, dans un craquement silencieux, les barrières cèdent. Je suis incapable de contenir le flot d'émotions qui me submerge. Dans un abandon total, je lâche. Les larmes qui s'écoulent s'éparpillent dans le vent, je hoquète, je tousse, mes joues restent sèches. Je pleure mon corps affamé et triste. Je pleure mes sens engourdis qui voudraient s'éveiller de nouveau à la Vie.

Mes yeux embués embrassent le paysage, se posent sur le sémaphore au loin. Le cœur serré, j'observe sa silhouette solitaire aux abords de la falaise.
Inutile le jour, le phare attend la nuit pour briller.

☙

Valentin est attablé devant son bol. Pensif, il guette le retour de sa mère par la lucarne. Il passe sa langue sur l'ourlet de ses lèvres pour ne rien perdre de la mousse sucrée qui s'y est collée. Sur la table, son téléphone se met à vibrer.
— Allô ?
— Salut bonhomme, c'est papa.
— Salut.
— Ça va mon grand ?
— Ouais.
— Ça s'est bien passé avec maman ?
— Ça va.
— Tant mieux. Je t'appelais pour savoir ce que vous avez décidé avec ta mère. Je passe te récupérer chez elle ?
— Non elle a dit qu'elle m'amènerait chez toi.
— Ok super ! Je te dis à tout l'heure alors.
— A tout à l'heure papa.
— Bisous mon grand.
— Bisous.

Valentin raccroche, un serrement dans la poitrine. Les vacances avec sa mère s'achèvent. Qu'il soit ici avec elle, il ne l'attendait plus. Il sait qu'il va consigner précieusement ces nouveaux souvenirs dans sa mémoire. Quand il faudra affronter les jours sombres. Quand il entendra encore ses sanglots depuis sa chambre, le croyant endormi.

Il repose son téléphone sur la table, tiraillé une fois de plus entre deux sentiments : la déception d'être séparé de sa mère et le bonheur de retrouver son père.

Ses parents ne se rendent pas compte de ce que son cœur doit endurer. Ils ont divisé son temps, sa vie, son amour, sans jamais se poser la question de ce qu'il aurait voulu, lui. Ils sont aveuglés par leur égoïsme, par leur propre désir de le posséder !

Valentin bouillonne. Il étouffe dans ce conflit de loyauté.

Peut-être qu'il est temps de leur parler ? Leur dire qu'il les aime tous les deux. Qu'il ne veut pas avoir à choisir. Aucun enfant ne devrait avoir à choisir. Seulement être heureux, avec chacun d'eux, sans avoir à penser à la douleur de l'autre.

Pouvoir marcher sur son chemin, en leur tenant la main, à tour de rôle, et être sûr qu'ils seront là toujours, tous les deux.

L'adolescent soupire. Il trouve dur de grandir. De rentrer dans le monde des adultes. D'une part, il a hâte de vivre seul, loin de la déchirure, loin du drame qui se joue, et dont il sent qu'il est l'enjeu. Et d'autre part, il voudrait qu'on lui rende son enfance, son insouciance. Être tranquille.

Véro apparaît au coin de la rue.

Valentin est choqué par l'apparence de son corps, presque aérien, comme si elle n'appartenait pas à ce monde. Ce qui lui restait de colère retombe d'un coup.

Il se lève, accroche un sourire à son visage et part à la rencontre de sa mère : le plus important, c'est ici et maintenant.

☙

Nous sommes devant chez Benoît. La rue s'est habillée de noir et d'orange. Les voisins ont installé des toiles d'araignées sur l'auvent de la porte d'entrée. Dans la nuit tombante, les grimaces des citrouilles sur les fenêtres nous sourient.

Mon fils s'amuse de la banderole « Murder in progress » qui barre le portail. Quand nous l'ouvrons, un rire satanique se déclenche et nous fait sursauter.

Benoît est sur le palier, son amusement manifeste : il est content de son petit effet. Du bout de l'index, il ajuste le rond de ses lunettes sur son nez.

Val se précipite à sa rencontre.
— Papa !
— Salut bonhomme.
— Bonjour Benoît.
— Bonjour. Tu veux entrer une minute ?
Valentin jette un œil en arrière, guette ma réponse.

Bien que Benoît m'agace avec son air parfois hautain, il reste l'homme grâce à qui je suis devenue mère. Pour cela, je ne le remercierai jamais assez.
— Ok, mais je ne m'attarde pas.
Le soulagement sur le visage de mon fils m'indique que j'ai répondu à son attente muette.

La demeure de Benoît est élégante, plutôt froide. Son métier d'architecte transpire dans la conception des pièces, des volumes. L'influence du style urbain surtout. J'ai l'impression de pénétrer dans une maison-témoin.
— Je te sers quelque chose ?
— Ça ira merci.

Valentin prend le relais, nous débarrasse de notre gêne. Il raconte à son père les vagues, le studio, le concours de dégustation d'huitres. Il me prend à partie, j'en rajoute pour savourer encore quelques minutes à ses côtés.

Benoît regarde sa montre discrètement. Je pose une main sur l'épaule de mon fils.
— Je vais y aller mon grand.
— D'accord.
Il me serre contre lui, pique un baiser sonore sur ma joue.
— Bonne semaine maman.
— Bonne semaine Val. À la prochaine Benoît.
— A plus.

Je remonte lentement l'allée. Au passage du rire satanique, je me retourne. Valentin me sourit, fait au revoir de la main puis referme la porte.

Je marche jusqu'à ma voiture, sonnée. L'air de malice de mon fils, tout à la joie de retrouver son père, reste en impression sur ma rétine. J'ai honte de me sentir aussi jalouse, possessive.

Machinalement, je tâte ma poche, en sors ce qui me reste de lien avec l'extérieur. Je sélectionne un contact, incapable de supporter le silence une seconde de plus.

12

Le sommeil reflue avec lenteur, libérant chaque sens un par un. D'abord le son d'un moteur dans la rue, une mouche dans la pièce à côté, le gargouillement de son ventre. Vient l'odeur de l'encens qui s'est consumé, le parfum de la lessive sur le drap, son haleine. Puis la chaleur de son corps enroulé dans la couette, le moelleux du coussin sous son bras replié, sa main collée à son ventre. Ses paupières closes peinent à masquer le halo lumineux, son cerveau résiste au réveil, grappille quelques secondes de torpeur. Ses yeux s'entrouvrent enfin sur le rai de lumière qui filtre sous le volet, l'ombre de la lampe sur la table de nuit, le motif de fleur dessiné sur la housse.

Vaira ose étirer un bras dans l'atmosphère de la chambre, évalue la température, le range aussitôt. Elle ramène le tissu sur le bout de son nez froid, respire à travers les mailles pour le réchauffer.

Ce matin, son corps refuse d'émerger. Elle se prélasse dans la langueur, profite du temps qu'elle a devant elle. La jeune femme accepte de s'écouter, un minimum. Elle ferme les yeux, perçoit les courbatures de son dos, roule ses épaules en arrière, se détend. Elle joue avec ses chevilles, ses mollets contractés, frotte ses cuisses l'une sur l'autre. Elle relâche imperceptiblement ses mâchoires, sa respiration s'amplifie. Son visage se défroisse, ses traits s'adoucissent.

Alors sa main glisse de son ventre, s'immisce entre l'élastique de son short et sa peau. Ses doigts frôlent les poils de son pubis, fouillent les replis de ses lèvres. Elle soupire.

Sa bouche s'emplit de salive, elle vient goûter la saveur de son sexe, humidifie son majeur qu'elle vient reposer sur le petit renflement, coincé contre le matelas.

Elle appuie délicatement d'un mouvement circulaire, son souffle d'abord profond devient saccadé. Des images accompagnent son geste, des corps sans identités, des mélanges de scènes vécues, fantasmées.

Le désir monte, fait gonfler le bouton sous son doigt. Quand elle est au bord de l'orgasme, elle suspend la cadence, reste en apnée, retarde l'instant. Elle refuse de basculer, pas encore.

Les flashs reviennent, colorés, vivaces, des parcelles de peau, de lèvres, de langues. Son imaginaire plonge dans un univers de chair, de textures, de moiteur. Vaira joue avec son envie. Une fois, deux fois, dix fois. Elle n'y tient plus. Elle maintient le contact, le rythme, coupe sa respiration.

Le cri qu'elle pousse est atténué par le drap, qu'elle mord entre ses dents.

*

La jeune femme s'abîme dans la contemplation du macrocosme. Elle goûte à l'oisiveté. Les minutes volettent autour d'elle, se mêlent aux vapeurs qui s'échappent de sa tasse de thé. Le soleil perce la brume d'un rayonnement christique, il offre ses rayons à la nature comme un père ouvre ses bras à ses enfants.

Vaira épie le mouvement de la vie par la fenêtre. Un merle est posé sur une branche nue de l'arbre voisin. Sa tête tourne à droite. À gauche. Par saccade. Son bec orange vif tranche sur le plumage noir luisant. Guette-t-il une proie, un congénère ? L'instant suivant, ses ailes se déploient. Sans donner de réponse, l'oiseau disparaît derrière la maison.

À son tour, la jeune femme s'évade. Son esprit est vide. Vide de pensées. Vide d'envies. Vide de vie. Sa tête pèse à peine sur sa main sous son menton, ses doigts pianotent la table. Son regard s'absente, comme elle s'absente à présent de son corps.

Son image s'estompe peu à peu, elle pourrait presque voir le monde en transparence de ses doigts. Elle a l'impression de flotter, elle se sent légère, à distance du vivant. Loin de la souffrance, ailleurs et ici. Une part d'elle voudrait ne plus lutter, se détacher, explorer. Elle voudrait exister partout, ici et maintenant, hier et demain. Une autorisation à être – enfin.

C'est le son de son téléphone portable qui la fait revenir. Encore cotonneuse, elle vacille jusqu'au buffet de l'entrée, jette un œil sur l'écran. Le numéro n'est pas enregistré. En une seconde, elle réintègre son enveloppe, ses contours se dessinent de nouveau. Intriguée, elle décroche.

Elle pose sa voix, la fait vibrer dans le haut de sa poitrine.
— Oui, allô.
Elle entend un silence, pressent la curiosité. Un homme.
— Bonjour. J'ai trouvé votre carte.

L'étonnement la muselle. Pour la première fois depuis que cette sonnerie retentit dans sa vie, Vaira ne sait pas réagir. Elle a l'impression de connaître le timbre de son interlocuteur. Elle commence à paniquer, cherche à comprendre s'il la manipule. Elle tressaille, la gorge serrée.

— Puis-je vous demander où ?

Un sourire dans la voix, rassurant.

— Dans une boîte aux lettres. Le V, c'est pour quoi ?

Elle prend une grande inspiration pour se calmer.

— Vaira.

— Enchanté Vaira. Samuel.

L'image du jeune homme au chien noir s'impose à elle. Son histoire, l'accident. Il reprend :

— Puis-je vous demander pourquoi cette carte ?

Le puzzle est reconstitué. Le cœur de la jeune femme tape dans sa cage thoracique, une énergie puissante se rassemble en elle, sa voix tranche :

— Cela dépend de vos intentions.

Il se défend :

— Le plaisir d'échanger avec une jeune femme, rien de plus.

Elle assène :

— Je ne fais pas dans l'échange verbal. Plutôt celui des corps. Et cela a un prix.

Vaira guette la réaction du jeune homme. Une fois encore, elle l'entend sourire.

— Et puis-je vous demander si vous venez à domicile ?

Il ne manque pas de sang-froid. Cela lui plaît.

— Non, je ne prends pas ce risque.

Son rire carillonne dans le haut-parleur.

— Avec moi, vous ne craignez pas grand-chose ! Je suis désespérément aveugle ma chère.

— Je sais.

Cette fois, c'est lui qui hésite.
— Pouvez-vous vous expliquer ?
— Je vous ai vu depuis la fenêtre de mon appartement.

À son tour, il a rassemblé les pièces.
— Alors vous êtes la nouvelle locataire de Madame Schmidt.
— En effet.
— Vous n'avez pas peur que je vous dénonce ?
— À ce stade de la conversation, non. Je sais que vous êtes intéressé.
— Et fine par-dessus le marché.

Elle lui laisse le temps de la réflexion. Elle n'attend pas longtemps.
— Seriez-vous libre sous peu ?
— Oui. Je peux vous recevoir demain soir.
— Accepteriez-vous de m'accompagner jusqu'à votre porte ? Je ne suis jamais monté depuis…
— Vingt-et-une heure. Je descendrai. Prévoyez du liquide.
— Combien ?
— Cela dépendra du déroulement de la soirée.
— La nuit ?
— N'y comptez pas.
— Très bien.
Une pointe de déception dans sa voix.

— Je vous dis à demain alors.
— À demain Samuel.

Elle raccroche. Ne sait plus quoi penser.
Une insidieuse alarme interne s'est mise en route.

*

Vaira tourne dans son appartement comme un lion en cage. Elle surveille l'heure, elle sait qu'il viendra. Elle appréhende cette rencontre, à la limite de ce qu'elle est capable de partager, de supporter. Pour la première fois, une peur sourde de l'intimité l'envahit.

Depuis la fenêtre, elle guette une silhouette dans la nuit, l'ombre sous un réverbère. Elle l'aperçoit : sa tête haute, sa démarche sûre. De loin, difficile de deviner que cet homme se déplace sans ses yeux, seul le balayage de sa canne blanche le trahit.

Elle passe un long manteau, chausse une paire de ballerines et descend accueillir son nouveau client.

— Bonsoir Samuel.

Le jeune homme affiche un air surpris, son corps bascule d'un imperceptible mouvement en arrière. Reprenant contenance, sa voix calme répond :

— Bonsoir Vaira.

Elle serre la main qu'il lui tend. Il effleure de son index la jointure de son poignet.

— Je vous suis.

La jeune femme le guide, des escaliers, jusqu'à son boudoir. En silence. Elle le fait asseoir sur le divan, murmure à son oreille :

— Je reviens.

Vaira s'approche lentement, nue. Samuel ne bouge pas. Il entend son pas léger sur le parquet qui plie à peine sous son poids. Il décèle la chaleur de son corps qui progresse vers lui, l'impact de sa présence dans l'atmosphère de la pièce.

Un air chaud arrive à son visage, l'exhalaison de la jeune femme frôle ses paupières, ses narines, ses lèvres. Il savoure l'odeur de ses cheveux, de son parfum, de son haleine. Il la respire, il la dévore d'avance en pensée. La pointe de sa langue effleure ses lèvres, il la goûte, avec parcimonie. Il profite encore de la chaleur des irradiations de sa peau avant de céder à son désir d'y toucher.

Il lui demande de s'asseoir sur lui, de se laisser faire. Il veut redécouvrir la Femme. De la pulpe de ses doigts, il suit le dessin de ses arcades, des ailes de son nez, de sa bouche entrouverte. La respiration de la jeune femme est pleine, ample. Elle laisse l'instinct reprendre ses droits. Sous les caresses de l'homme, elle sent l'envie sourdre à ses oreilles. Elle y plonge sans retenue.

Elle l'embrasse à pleine bouche. Leurs salives se mêlent, leurs souffles brûlants se répondent. Des mains puissantes agrippent le visage de Vaira, les paumes pressent ses joues, les doigts se coincent dans ses cheveux. Une énergie animale s'empare d'eux, les domine. Dans l'esprit de Samuel, la conscience de l'électricité des corps qui s'attirent comme des aimants. Son désir qui tambourine dans sa poitrine, son sang qui entre en ébullition. Le creux dans son ventre. La faim. Crue.

— Amène-moi au lit.

Elle se lève, elle le conduit jusqu'à la chambre, ne lâche pas le contact avec sa peau. D'un geste lent, Vaira effleure l'arrondi de son ventre, soulève son tee-shirt froissé. Il lève ses bras trapus, se laisse faire. L'odeur de sa transpiration la fait chavirer. Samuel se concentre sur chaque instant, attentif au tintement de la ceinture défaite, à la pression de son jean dont le bouton vient de lâcher. Elle fait glisser le pantalon sur les jambes musclées, révèle le gonflement du sexe qu'elle libère. La verge turgide se dresse. D'une main experte, elle déchire l'emballage du préservatif avec ses dents, le déroule en quelques secondes.

Il la bascule sur le lit d'une poussée. Il guide son sexe en elle, la pénètre. Il cherche sa bouche, elle mord ses lèvres pleines. Vaira desserre ses paupières. L'image de cet homme qui la surplombe, aux yeux dénués de vie, la frappe de plein fouet. Elle détaille les épaules, le torse, les bras, athlétiques, nerveux, bruts.

Sa conscience s'effiloche, la lueur de la bougie fait des reflets rouges sur leurs corps, les ombres dansent sur les murs. L'odeur de la cire chaude se mêle à leur sueur.

Dans la gorge de Samuel, un grondement sourd. Son propre feulement est le dernier son qu'elle perçoit avant de sombrer dans la jouissance.

13

Je regarde la pluie glisser sur la paroi de verre de l'abribus. Les gouttelettes se rejoignent pour former un filet liquide qui captive mon attention. Je ne vois plus le monde autour, seulement la vie de l'eau sur cette vitre.

Une goutte, seule, descend lentement, hésitante. Elle s'agglomère à une seconde ; à deux, elles dévalent vers le sol. La flaque à mes pieds s'est encore agrandie.

Je tourne et retourne ma carte de transport dans ma main, le bus ne devrait plus tarder. Je n'ai pas hâte de rentrer. Mon appartement vide m'attend. Vide de mon fils, vide d'amour. La nausée me soulève l'estomac. Ce soir, impossible de supporter la solitude.

Dans mon cerveau, un sursaut de survie. Comme une automate, j'attrape mon téléphone, compose un numéro.

— Oui, allô ?

J'aime le son de cette voix apaisante.

— Madame Schmidt, c'est Véro.

— Oh ma Véro, comment allez-vous depuis tout ce temps ?

Je bafouille, penaude.
— Bien, ça va. Je suis désolée, je voulais vous appeler avant...
Madame Schmidt me coupe la parole, faussement agacée.
— Taratata. Pas de ça avec moi mon petit. Vous avez votre vie bien remplie. Dites-moi plutôt la raison de votre appel.
Je prends mon courage à deux mains, inspire une grande goulée d'air, débite sans plus réfléchir :
— Je viens de finir ma journée. Je me demandais si vous étiez disponible.
Les quelques secondes de silence tiraillent mon ventre.
— Vous voulez passer maintenant mon petit ?
— Je crois que j'aurais bien aimé oui.
— Vous savez que vous êtes toujours la bienvenue !
Sa voix joyeuse réchauffe mon corps.
— Je vous attends !
— Merci Madame Schmidt.

*

Mon dos est calé contre la barre verticale du bus, il encaisse les cahots des roues, maintient mon équilibre dans les virages. Les jours sont de plus en plus courts, la nuit est tombée. J'observe l'éclairage des magasins encore ouverts, les passants qui, à la hâte, se mettent à l'abri sous les auvents des devantures. Je contemple la danse des parapluies sur le trottoir, suit des yeux Hello Kitty® qui disparaît à un coin de rue.

Quand je sors de l'autobus, c'est le déluge. Je cours vers le quartier que je connais mieux maintenant. L'eau gicle sous mes pieds, la pluie coule dans mon cou, trempe ma veste. La silhouette de Madame Schmidt se découpe dans la lumière, ses mains autour de son visage contre la vitre. Alors que je franchis le portillon, elle m'attend sur le perron, affublée de sa robe de chambre. Elle me sourit avec tendresse.

— Bonsoir mon petit. Entrez vous mettre au chaud !
La chaleur me cueille. J'essuie mes joues avec ma manche. Madame Schmidt me prend des mains mon manteau dégoulinant, l'accroche à une patère.

— Venez !
Je la suis dans son salon. Ses pas sont très lents, elle semble se mouvoir avec plus de difficulté encore. Je perçois sa fatigue dans son corps voûté. Je voudrais prendre son bras, me serrer contre elle, la soutenir comme elle me soutient à cet instant.

Elle se plie dans son fauteuil.
— Alors que me vaut le plaisir de votre visite ?
Je m'assois près d'elle, avoue en baissant la tête :
— Je n'avais pas envie de passer ma soirée toute seule.
— Vous avez bien fait d'appeler, je suis heureuse de votre compagnie.
Je la contemple avec reconnaissance, regarde ses mains ridées qu'elle triture.
— Vous permettez ?
Je lui tends ma paume ouverte. Intriguée, elle y pose la sienne. Je la détaille, la tourne, découvre la sécheresse de sa peau.
— Madame Schmidt, vous seriez d'accord pour que je vous passe de la crème sur les mains ?

Ses yeux écarquillés sur moi, elle me regarde fixement. Les émotions se bousculent sur ses traits : la gêne, la surprise, l'envie, la honte, la reconnaissance, la joie.
Elle minaude comme une adolescente en proie au doute.
— Pourquoi pas.

Elle se lève péniblement. Je la regarde s'éloigner vers sa salle de bain et revenir armée d'un tube de crème qu'elle me tend. Elle s'assoit en grimaçant, me rend sa main.

La crème est froide, un peu collante. Je la dépose sur sa peau, comme si c'était la chose la plus importante à faire à cet instant. Par petits cercles sur son épiderme desséché, je fais pénétrer le produit. Je serre dans mes mains, un à un, chaque doigt tordu par son âge. Je masse doucement sa paume, la retourne, je remonte vers son poignet avec application. Satisfaite, elle me tend son autre main.

J'admire la peau fine, les veinules, les petites tâches de vieillesse. Je contemple ses phalanges fripées, son poignet frêle, tellement fin que j'ai presque peur de le casser. J'ai l'impression de manipuler un délicat objet de porcelaine. J'applique la pommade, j'y mets tout mon cœur.

Madame Schmidt reste silencieuse, son regard est posé sur moi avec toute la tendresse qui émane de son corps. Comme si son aura m'enveloppait de son amour. Je me sens nourrie, remplie, accueillie.

Un frisson me glace le sang quand une sonnerie sur mon téléphone retentit. Je marmonne des excuses, cherche dans les recoins de mon sac. Mes doigts rencontrent un baume à lèvres, un paquet de mouchoirs à moitié vide, du sable coincé dans les coutures. Enfin, je saisis mon portable, jette un œil au numéro qui s'affiche. Un haut-le-cœur remonte à mes lèvres.

La terreur me fige.
Mon corps mutique ne se défend plus.

— Je suis désolée.
La vieille dame me fixe.
— Vous allez bien ?
J'avale ma salive.
— Oui oui, ça va.

La magie est rompue. J'ai envie de pleurer. Je plaque un sourire sur mes traits qui se décomposent. Madame Schmidt me regarde avec inquiétude.
— Vous êtes sûre ?
— Oui, ne vous en faites pas. C'est la fatigue. La journée a été longue. Je vais y aller.
— Il est bien tard, restez si vous êtes fatiguée.
Je toise la vieille dame.
— Je vais monter.
Madame Schmidt me dévisage.
— Bien.
Je lis dans ses yeux l'étonnement et la déception de mon départ précipité.
— Ne vous inquiétez pas, je repasserai.
— Je l'espère.
Je me lève, me penche, la prends dans mes bras. Elle se laisse faire, accepte mon élan de tendresse. Quand je me décolle, elle effleure ma joue de ses doigts encore gras.
— Prenez soin de vous mon petit.
— C'est promis.

Je la quitte à regret, jette un œil par-dessus mon épaule au moment où j'entre dans le couloir. La vieille dame n'est plus qu'une silhouette abasourdie sur son canapé. La tête basse, je passe la porte.
Dehors, je contourne la maison, gravis une à une les marches de l'escalier.

☙

Perplexe, Madame Schmidt contemple le fauteuil vide à côté d'elle. Tout est arrivé si vite, elle ne comprend pas ce qui s'est passé. Quelque chose dans l'attitude de Véro l'a perturbée. Elle entrevoit comme un spectre, qui se soustrait à sa vue, qui joue à cache-cache. Qui lui échappe encore.

Elle s'ébroue, elle se dit que son vieux cerveau déraille. Elle revient à la conscience de son corps. Elle garde sur ses mains la sensation du toucher, du contact du massage. La peau s'est assouplie, son cœur s'est attendri.
Elle aime qu'on s'occupe d'elle sans qu'elle le demande. Parce qu'elle est trop fière ; et puis parce qu'elle a appris à se débrouiller seule. Elle ne peut compter que sur elle-même – depuis toujours.

Madame Schmidt constate que sa relation avec Véro gagne en naturel à chaque visite. Même si elles se connaissent peu, le lien est là, bien vivant, qui pulse dans leurs veines. Cette amitié qu'elle avait pressentie se mue déjà en tendresse presque filiale.
Le seul point qui l'attriste c'est que Véro ne parle plus de Valentin. Il reste un voile sombre sur la seule évocation que la jeune femme a faite de lui. Mais la vieille dame est discrète. Elle sent que c'est cette qualité qui attire Véro et elle respecte ses silences.

Madame Schmidt pose sa main gauche sur sa poitrine, remercie l'Univers de cette rencontre. Elle meuble ses vides. Ces heures passées à attendre une visite qui ne vient pas.

Elle a très peu d'amies et elles ne sont pas disponibles. Elles ont toutes leurs petits-enfants à garder, certaines même des arrières petits-enfants dont elles étalent les photos sur les murs et les buffets. Cela l'agace.

Du fond de son cœur, elle est heureuse de la présence de Véro dans sa vie. Un soleil qui la réchauffe. Une raison d'être là. De servir encore. De se lever.
Madame Schmidt soupire. Elle voudrait rappeler la jeune femme, lui dire qu'elle peut lui parler, se confier. Elle voudrait la prendre dans ses bras, la cajoler, lui chanter les berceuses qu'elle connaît. Rire ensemble.

Oui, elle aurait aimé retenir Véro et lui raconter ses voyages. Les souks qui vous dépaysent en quelques secondes. Les étals d'épices comme des palettes de couleurs, la viande qui pend à côté de la boutique de babouches. Les odeurs musquées, âcres, tenaces. Elle aurait aimé lui montrer aussi les photos de ses enfants à elle. Ceux qu'elle a soignés, dorlotés. Ses enfants de toutes les couleurs, de tous les pays qu'elle a habités. Toutes ces âmes qu'elle a rencontrées, perdues.

Le fauteuil est vide à côté d'elle. Elle hausse les épaules, s'extrait du canapé. Elle peine à lever les pieds, ses chaussons traînent sur le sol jusqu'à son lit.

14

La nuit est dense, épaisse, opaque. La nuit, telle que l'a connue Samuel.

Haute dans le ciel noir, la lune pleine et ronde inonde la rue de sa lumière blanche, si intense que le jeune homme en perçoit la lueur.

Il ne dort pas. Black est resté lové dans son panier, insensible aux mouvements autour de lui. Insensible à l'agitation dans l'esprit de son maître.

Samuel est familier des heures sans sommeil. À son réveil après l'accident, il ne faisait plus la différence entre jour et nuit, entre ombre et lumière. Il était seul dans l'obscurité permanente, seul dans ces temps sombres.

Il a voulu que tout s'arrête.
Il a cru impossible d'accepter.
Il a vécu enfermé avec la rage, la colère. Il a rugi l'injustice, l'impuissance. Il a pleuré la perte, l'absence.

Puis il a compris.
Il a cessé de lutter.

Comme l'enfant qu'il était redevenu, il a réappris à poser un pas, l'un après l'autre. Apprivoisé par son chien, il a aiguisé son instinct, développé sa capacité à se mouvoir, à s'orienter dans l'espace et la temporalité.
De ces temps sombres, il est sorti éveillé.

Il erre dans la maison silencieuse, s'y déplace comme un fantôme. Il frôle les meubles, les rideaux, le bois du montant de la porte. Ses pas le conduisent dans l'entrée. Il soupire. Ce soir, la solitude a un goût amer. Il voulait voir la femme, elle n'a pas répondu.
Sa main cherche son écharpe, son manteau. Le tissu rêche frotte sa nuque quand il l'enfile, l'étole vient couvrir son nez, ses joues. Sans bruit, il sort dans les ténèbres.

Samuel a besoin de marcher, de libérer l'énergie qui s'est accumulée ces derniers jours. Depuis qu'il l'a vue. Depuis qu'il a goûté au parfum de la femme, à la texture de ses lèvres, de sa langue. Ses doigts se remémorent la courbe de son visage, la finesse de son poignet, le creux sous sa clavicule. Il imagine la respirer encore, s'enivrer de son odeur, la découvrir sans fin.

Cette femme ne sera jamais à lui, jamais à personne. Elle se dérobe, à sa compréhension, à ses mains. Dans le mystère qu'elle dégage, Samuel perçoit la faille qu'elle masque, il peut presque la palper.
Il aurait voulu connaître son histoire, la saisir, avec délicatesse. Paumes ouvertes, lui ouvrir un espace où venir se déposer. Comme un oiseau blessé.

La femme l'attire comme un aimant. Ses pas le mènent devant la maison où il l'a rencontrée. Il caresse la plaque comme il a caressé sa peau. Sa gorge retient le cri de son nom, tout ce qu'il sait d'elle.

Autour de lui, tout n'est que vide et silence.

☙

L'insomnie la tient éveillée depuis plusieurs heures maintenant. Les pensées dans sa tête luttent, la soif assèche sa langue, ses jambes tressautent de façon incontrôlée. La jeune femme s'irrite des plis du drap qui agacent sa peau, de la chaleur étouffante qui la fait transpirer. D'un geste rageur, elle repousse la couette, se lève. Le parquet craque sous son poids, le froid de la chambre la saisit.

Vaira veut comprendre. Comprendre ce qu'elle est. Comprendre ce que les hommes viennent chercher.
Elle se tient debout. Elle s'observe. Elle s'est placée nue devant le miroir de plain-pied.
Despotique, elle devient marchand d'esclaves, elle veut détailler le produit, vérifier sa qualité.

La peau est laiteuse, elle doit rougir sous le soleil. Un grain de beauté est placé au-dessus du sein gauche, dans le creux, avant l'aisselle. Les aréoles noisette sont surmontées de tétons brun froncé. Ils pointent sous la fraîcheur de l'air, orgueilleux sous ce regard analytique.
Les côtes saillent sous la peau, il faudra penser à reprendre du poids. L'activité et le rythme que subit le corps amenuisent les rondeurs encore présentes, la graisse n'a pas le temps de s'accumuler.
Le ventre est plat, le nombril rentré d'un demi-centimètre. Les hanches fines font ressortir l'arrondi en ombre des abdominaux.
Les jambes sont fuselées, au galbe parfait. Parfait pour attirer l'œil des hommes avec envie, l'œil des femmes avec jalousie.

La jeune femme entrouvre ses lèvres, fixe son reflet qui la regarde dans la glace. La dureté des prunelles la saisit.

Vaira se hait. Elle hait cette femme devant elle. Elle hait ce qu'elle voit.

La honte rougit son front, les ailes de son nez. Ses narines frémissent, son ventre est pris d'un spasme. Elle grimace. Un haut-le-cœur tord son estomac, l'aigreur remonte sa gorge, le dégoût reflue dans sa bouche. La salive se mêle à sa rage, elle voudrait vomir sa colère, son ignominie.

Son teint est gris maintenant. D'un râle, elle crache sa bile, ses larmes. Le liquide délave ses joues, dévale ses lèvres, inonde son cou.

Elle n'arrive plus à soutenir l'image dans le miroir. Les lames de douleur l'accablent, son corps entier est parcouru de soubresauts. Les abysses s'ouvrent, elle s'affaisse. Elle s'effondre sur les tibias, roule sur le parquet, se met en boule. Son dos tremble, sa tête ballotte sous les assauts répétés de ses sanglots.

La vague de souffrance reflue, la laisse vidée, exsangue.

Elle n'est plus qu'une poupée désarticulée, délaissée, désincarnée.

15

Mes pas martèlent le sol. Les vibrations de leur cadence se répercutent dans ma colonne vertébrale. La sueur colle à mon tee-shirt, coincé sous les couches de pulls et de manteau. Le froid a anesthésié mes joues, mes glandes lacrymales dysfonctionnent. Des gouttes d'eau salée s'échappent et finissent leur course contre mes lèvres craquelées. Ma langue a le goût du sang.

Je jette un regard agacé sur ma montre. Je suis vraiment en retard à l'hôpital ce matin.

— Excusez-moi !

Je me retourne sur le visage bougon que j'ai bousculé, tente un sourire, en vain. Je file sur le pavé, balaie du regard la rue qui s'éveille lentement, constate que la vie reprend ses droits. Je perçois l'odeur du café en passant devant un bar, repère l'homme attablé devant sa première bière, déjà. Je sais qu'il y en aura d'autres. La fleuriste commence à ouvrir sa boutique, les effluves des fleurs coupées arrivent jusqu'à mes narines quand je la dépasse en courant presque. Je retrouve mes perceptions de femme enceinte – quand tout me donnait la nausée.

Le bâtiment de l'hôpital se profile, imposant, terne, gris. Les coulées de pluie ont tracé des sillons bruns sur le revêtement de la bâtisse. J'y retrouve mon visage blafard des mauvais jours. Aujourd'hui tout me rebute.
La lumière des néons qui m'agresse quand je franchis le seuil.
Le brouhaha ambiant, des patients, des chariots, des machines.
L'odeur de l'hôpital.
Cette odeur, elle vous prend dans les couloirs, vous assaille, vous soulève le cœur. Au fond, je ne m'y ferai jamais.

Enfin la porte de la salle des soignants, je rejoins le vestiaire. J'enfile ma blouse blanche, accroche ma montre à ma poche.
Un regard dans la glace sur le casier métallique.

Je le vois s'agiter sur ce corps qui se met à réagir.

Ma figure sans maquillage est livide. La palette de bleus et de violets sous mes yeux dessine un sourire sombre.
Jour sans.
Une voix crie dans les couloirs.
— Véro, on a besoin de toi ! Le 234 est en train de faire une crise ! Impossible de le calmer, il n'écoute rien !
Le visage rouge d'Emma, affolé.
Je m'ébroue mentalement, je connecte à l'urgence.
— J'arrive !

Dans la chambre de M. Drance, c'est l'ébullition.
Amélie tente de maîtriser le corps du bonhomme qui, malgré ses quatre-vingt-sept ans, a une force de titan. Le vieil homme s'arque, se débat, il gémit.
— Laissez-moi tranquille.
Ses fonctions vitales s'affolent. Le cœur bat trop vite.
— Il va faire un arrêt si on ne le contrôle pas !

Emma a préparé le matériel pour l'injection que l'interne a validée en urgence. Je prends une grande inspiration, me pose mentalement dans l'œil du cyclone, dans cet espace de calme au milieu de l'ouragan extérieur. Mes gestes sont secs, précis, automatiques. Je remplis la seringue, tape deux coups de l'index, fais sortir un peu de liquide pour dégager les bulles d'air.

Je m'approche d'Amélie qui lutte, Emma tient fermement le bras. La peau fripée palpite. L'aiguille pénètre la veine, une goutte de sang vient rosir le fluide. Je presse le piston avec lenteur.

Les secousses s'espacent. Le corps s'apaise. La respiration reprend un rythme normal. Je croise le regard d'Amélie, lit son visage épuisé. Son sourire est triste, las.

Un filet sort de mes lèvres quand je m'adresse à Monsieur Drance.

— Vous vous sentez mieux ?

En guise de réponse, le vieil homme remue faiblement son menton de haut en bas.

Dans ce monde-ci, parfois, une injection suffit.

☙

La musique est forte, elle emplit toute la pièce, résonne sur les murs. Elle est une présence, une compagne, une amie. Les vitres vibrent au diapason, les particules de lumière bruissent en suspend dans le salon.

Madame Schmidt dodeline de la tête au son de la kora. Les notes de guitare trouvent écho dans ses épaules, son buste oscille comme les brins d'herbe haute de la savane. La voix mélodieuse pénètre sa poitrine, la transperce, la transporte.

Elle revient dans la jeep qui l'amène à ce village. Les pieds des enfants autour d'elle soulèvent la poussière, elle rit de leurs rires. Quand elle descend du véhicule, leurs mains viennent toucher sa peau blanche, ses cheveux encore blonds. Elle les laisse la sentir, soulever sa jupe pour vérifier si sa couleur est uniforme. Ils la prennent par le bras, lui font visiter leurs huttes, le feu qui brûle au centre de la place. Les poulets décharnés picorent les miettes sur le sol terreux, les chèvres maigres broutent les touffes de vert éparses.

Madame Schmidt entend la voix de l'homme, du chef de la tribu. Elle revoit ses traits burinés, son regard vif sous les dizaines de rides, ses lèvres roses et chocolat qui s'animent.
Il la guide vers sa case, vers la couche qu'elle occupera ces prochaines semaines, peut-être ces prochains mois. Le monde de couleurs qu'elle y découvre fait pétiller son sang, réanime sa joie.
Elle aime l'espace bigarré qui s'offre à elle. Le wax qui recouvre son lit est fait de motifs rouges et orange. Ici tout est vivant, éclairant, mouvant.

Madame Schmidt se délecte du voyage dans ses souvenirs. Elle a sur sa langue le brûlant du piment, le crémeux du lait de chèvre, le racé de la viande cuite au bois. Elle a dans ses narines le gombo sur le riz blanc, la sueur épicée des corps. Elle s'enivre de sa mémoire, de son passé, enlacée par les chants de l'Afrique.

Un retentissement la sort de sa torpeur. Elle peine à rentrer de son périple. Tout la quitte, les odeurs, les images, les sensations. Elle voudrait les retenir encore mais le bruit strident l'en empêche.

Quand elle comprend qu'elle doit répondre au téléphone, la vieille femme se lève avec précipitation, le sang gorgé d'adrénaline. Elle ne se rend pas compte de la violence qu'elle s'inflige à cet instant.

Madame Schmidt titube vers la sonnerie infernale.
Ses oreilles bourdonnent, elle perd contact avec le réel.
Les formes s'estompent, seul le son reste.
Son corps bascule, elle entend le bruit de sa tête heurtée dans sa chute.

Tout devient noir.

☙

— Black ! Doucement mon chien !

Le labrador bouscule son maître, lèche ses mains, frotte son museau sur son pantalon. Tout à la hâte de sa balade, il tourne entre les jambes de Samuel, manque de le faire tomber, laisse échapper un aboiement.

Le jeune homme lui caresse la tête pour l'apaiser. Il connaît bien le langage de son animal. Dans ses jappements, il entend son rire, sa joie. Dans ses grondements, son inquiétude, sa perception des dangers.

Ce matin, Samuel a rendez-vous. Il va retourner dans la maison, au numéro quarante. C'est Madame Schmidt qui l'y attend. Aucune nouvelle de la femme, elle ne décroche plus. Il chasse la contraction de son estomac par une respiration. Il ne veut plus y penser.

— On y va mon chien ?

Black se place à sa droite, présence apaisante. Ensemble, ils franchissent le seuil. Samuel saisit la poignée du harnais, s'engage dans le jardin, la rue. Il progresse à pas lents, capte le babil des voisins, le froissement des feuilles sous les chaussures, le tapement des pattes sur le trottoir.

Ses pensées dérivent de nouveau vers elle, il sent qu'il s'approche, qu'il pourrait la croiser, là, sans la voir. Mais qu'il saurait. Il reconnaîtrait le parfum de sa peau, même fugace. Il allongerait le bras, saisirait son poignet fin, pour la retenir contre lui. Au moins cette fois.

C'est le grognement de Black qui le ramène à la réalité. Un roulement sourd dans sa gorge. Une vibration d'alerte. Son corps se crispe en réponse.

Il s'avance seul dans l'allée, grimpe sur le perron sans hésiter. Une vague d'affolement s'empare de lui. La vieille dame n'est pas là pour l'accueillir.

Samuel pénètre dans la maison, referme la porte derrière lui. Dans le silence angoissant, il entend une plainte.

— Madame Schmidt ?
Les gémissements s'amplifient, une voix faible.
— Samuel...
— Hilda !

Le jeune homme a crié. Il s'approche, suit le son de la respiration oppressée qui provient du sol. Il peine à s'orienter vers elle.
— Hilda ?
Tout son être se tend, il veut déceler une réponse.

— Samuel.
La voix n'est plus qu'un filet.
Le jeune homme s'agenouille, il avance, cherche à tâtons le corps de Madame Schmidt. Ses doigts effleurent la surface du parquet, les aspérités, les nœuds du bois. Rencontrent un liquide poisseux, collant. Samuel frotte son pouce contre son index, examine la consistance chaude, gluante. Du sang.
Il hurle.

*

L'ambulance est là, les sons de la sirène vrillent son cerveau. Il saisit des bribes de phrases, des commentaires de voisins maintenant agglutinés autour d'eux. Abasourdi, il se sent lointain au milieu du bourdonnement ambiant. Madame Schmidt ne lui lâche pas l'avant-bras.
— Il faut y aller Monsieur.

La vieille dame le supplie dans un souffle.
— Reste avec moi.
— Mais je ne vais servir à rien.
— Je t'en prie, reste. J'ai peur.
— Accompagnez-la Monsieur, on s'occupera de vous là-bas.

À contrecœur, Samuel monte dans le camion, aidé d'un brancardier. Le véhicule se met en marche.

Le jeune homme lutte contre le sentiment de panique qui l'envahit. Balloté par les cahots de l'ambulance, il serre la petite main de Madame Schmidt dans la sienne, s'y raccroche. L'hôpital... trop de mauvais souvenirs. Les drames qui s'y jouent, les pertes, le désespoir.

L'angoisse étreint sa gorge. Il se concentre sur le bip du moniteur, sur le son de la vie qui pulse encore. Le rythme cardiaque est lent, bien trop lent.

16

Les yeux de Bastien baignent dans les larmes qu'il retient encore. Attentif, il écoute le récit des événements du matin, qu'Emma lui relate avec autant de retenue que possible. Elle pose une main rassurante sur son épaule.
— Il va bien Bastien.
— Oui. Mais jusqu'à quand ?

Emma se tourne vers moi. Je lis dans son regard la détresse, l'impuissance. Elle a noué des liens avec Monsieur Drance et son petit-fils, plus resserrés qu'elle ne se l'est autorisé jusqu'à présent. Elle y découvre une souffrance dont elle n'avait pas mesuré l'intensité.
Je réponds pour elle :
— Bastien, aujourd'hui il s'en est sorti. Mais son cœur a pâti de la crise, il va être de plus en plus fatigué. Je suis désolée.

Le garçon baisse la tête, pudique. Il ne veut pas qu'on le voie pleurer. Ses épaules ploient sous la chape de tristesse, sa poitrine comprime ses sanglots comme une camisole.

Sans retenue, Emma le prend dans ses bras. Elle le berce, elle se berce. Elle sait combien l'acceptation de la douleur est un baume, un désinfectant des plaies de l'âme.

Bastien s'autorise enfin à lâcher prise, il s'effondre contre sa joue. Ses pleurs se déversent dans le silence, elle fredonne un chant lancinant. Leurs corps tanguent de gauche à droite, ils s'apaisent dans une danse apathique, se consolent l'un l'autre. Leurs deux êtres semblent se fondre dans l'unité.

Je me sens témoin inutile.

*

J'arpente les couloirs de l'hôpital, tente de balayer l'oppression dans mon thorax par le mouvement. Les fourmillements dans mes bras descendent au bout de mes doigts, je frissonne. J'ai le goût âpre d'un pressentiment sur la langue.

La porte de l'ascenseur du personnel hospitalier s'ouvre sur Amélie. Elle me tend le combiné du service.
— C'est pour toi, l'accueil des urgences.
Livide, je mets le haut-parleur contre mon oreille.
— Véro, infirmière gériatrie.
— On a une Madame Schmidt. Elle vient d'arriver en ambulance, elle a donné ton nom.
— Qu'est-ce qu'elle a ?
— Traumatisme crânien avec hématome sous-dural.

Le sol se dérobe sous mes pieds.

*Ce qui me reste de contact avec l'enveloppe se déchire.
Mon âme s'échappe – dissociée.*

— J'arrive tout de suite.

La peur. Comme un serpent, visqueux, glacé.

Sa tête triangulaire se coule dans l'encolure de mon tee-shirt, sa langue fourchue déclenche une décharge électrique dans ma nuque.
Je frissonne.
Il se faufile le long de mon omoplate droite, contourne l'os, rejoint ma colonne vertébrale. Sa queue s'enroule autour de ma gorge.
Mes bras sont tétanisés.
Le reptile continue sa descente. Le corps aux écailles glaciales s'aventure vers mes côtes, en profite pour enserrer mon ventre. Il plante ses crocs, injecte son venin dans mes intestins, son poison me cloue, me terrasse.
Mes genoux flanchent.
Je trébuche, me colle au mur comme un condamné.

Puis comme il est venu, le serpent de la peur s'éloigne.
Je halète, presque anéantie, la douleur est là, je crois qu'il va mordre à nouveau. Ahurie, je me redresse.

Le serpent de la peur est parti.

Je franchis le sas des urgences, encore suante. Je cherche du regard où la vieille dame a pu être prise en charge.
Devant une porte, je le vois, reconnais ses yeux vides. Ses cheveux bruns retombent sur son front, accentuent son air hagard, sonné. Je m'approche, toussote pour l'alerter de ma présence.
— Samuel ?

Le jeune homme sursaute.
— Véro. Nous nous sommes croisés chez Madame Schmidt.
Je tente une attitude réconfortante, une poignée de main amicale. À mon contact, il tressaille, saisit mon poignet.
— Votre sœur... ?
— Oui elle habite à l'étage.
Gênée, je me libère.
— Madame Schmidt a été vue par un médecin ?
— Il est à l'intérieur.

Je frappe, entre sans attendre, il me suit. L'interne vient à notre rencontre, tendu. Son teint est jaune, maladif.
— Je peux vous parler ?

Samuel va vers le lit, suit les montants métalliques des doigts, frôle les cheveux argentés de la vieille dame. Je le vois se baisser, murmurer des phrases à son oreille que je ne saisis pas.
Elle hoche la tête faiblement, ne le quitte pas des yeux.
Je n'écoute pas les mots prononcés par l'homme en blanc devant moi.

— Ma Véro...
La voix de Madame Schmidt n'est plus qu'un bruissement.

À mon tour, je m'approche du lit, de la minuscule silhouette qui y est allongée. La vieille dame tend sa main ridée, caresse l'arrondi de mon visage du dos de ses phalanges, pose sa paume sur ma joue. Je penche ma tête, y dépose le poids de mon chagrin.
Son regard bleu brille d'une lueur étrange.
— Ma Véro... Il est temps de t'aimer comme je t'aime. Totalement. Cesse de fuir Vaira. Cesse de te fuir.

Madame Schmidt peine à respirer, elle tousse, crache de la bile sombre. Délicatement, j'essuie le coin de sa bouche avec la manche de ma blouse. J'essaie d'en oublier les rebords noircis, me concentre sur les minuscules rides de ses yeux, remplis d'amour à cet instant. De cet amour qui transcende les âges et les liens du sang. De cet amour dans lequel je me sens enfin arrivée.

Elle me contemple, tout son être concentré en une tendresse infinie.
— Ma Véro... Je voulais te dire... Je m'appelle Hilda.

Ses yeux se voilent. Sa main retombe.
Et dans un dernier souffle, la flamme dans ses pupilles s'éteint.

17

Vaira erre dans l'appartement. Déboussolée. Elle marche en équilibre au bord du vide, du gouffre. Elle oscille, s'effrite, un rien suffirait à la briser. Son existence ne tient qu'à un fil, et la vie joue avec.

Son corps n'est que douleur. Élancements dans le dos, muscles meurtris de courbatures. Derrière ses globes oculaires, de minuscules poignards pianotent une symphonie dans son crâne. Le haut de ses mâchoires fait caisse de résonnance, les vibrations cruelles viennent brouiller sa vue. La souffrance dessine au scalpel un damier sur son épiderme.

Vaira suffoque. L'air peine à passer dans sa poitrine oppressée. Le nœud au creux de son estomac empêche les côtes de libérer l'espace. L'oxygène n'est qu'un mince filet qui se faufile dans ses narines. Le minimum qui la maintient encore debout.

Elle est fatiguée. Elle voudrait se coucher. Ne plus penser. Dormir pour oublier. Oublier qu'il va falloir continuer à vivre. Malgré les drames. Malgré les jours sombres, qui, inlassablement, reviennent.

Vaira n'a plus le choix de faire face. Elle titube jusqu'à sa salle de bain, s'agrippe à la faïence, relève son menton frémissant. Les larmes inondent ses joues, coulent derrière ses oreilles jusqu'au creux formé par ses clavicules.
Elle pleure.
Elle pleure la perte.
Elle pleure sa vie, sa déchirure, son âme à vif.

Dans la glace, elle regarde les coulures de rimmel qui déjà ne lui appartiennent plus.
Elle lève ses mains derrière sa tête. D'un geste malhabile, désespéré, elle ôte chacune des pinces plates qui maintiennent sa tresse. Ses doigts dénouent l'élastique qui enserre les mèches. Elle détisse méticuleusement les brins, tressaille quand la chevelure relâchée vient peser dans son dos.

Elle croise le regard triste de Véro. Les yeux verts sont striés d'éclairs carmin. Ils fixent son image, son visage livide encadré de cheveux roux.

*

Je regarde Vaira dans sa salle de bain.

Devant son miroir, elle retire une épingle de ses cheveux, qui s'échoue sur la blancheur du lavabo. Une nouvelle la rejoint dans un tintement métallique. Puis une autre. Une par une, les attaches dorées s'accumulent sur la faïence. Hypnotisée par cette musique lancinante, elle se laisse envouter par ce chant qui la révèle.

Elle ne quitte pas son reflet de ses prunelles.

*

Je regarde cette jeune femme dans sa salle de bain.

Devant son miroir, elle approche une main tremblante de son visage. Elle hésite encore, suspend son mouvement. Ses doigts sont pointés vers la racine de ses cheveux, ses épaules contractées, en résistance.
Son corps abandonne dans un soupir las.
Elle passe sa paume sur son front.
Elle fait glisser la chevelure rousse, libère mes cheveux bruns.

Je ne quitte pas mon reflet de mes prunelles.

*

Je me regarde dans cette salle de bain.

Devant mon miroir, je répète nos prénoms, comme une rengaine.
Vaira et Véro, Véro et Vaira. Vaira, ma jumelle, mon double. Une autre moi.
Mes yeux sont striés d'éclairs carmin.
Ils fixent mon image, mon visage livide encadré de cheveux bruns.

Au sol, la perruque gît.

18

Cette nuit plus qu'une autre, je refuse de dormir.

J'ai commencé à rassembler quelques affaires, à préparer mon départ de l'appartement. Je chancelle d'une pièce à l'autre, peu importe le bruit des meubles contre lesquels je me heurte.

Je ne dérange plus personne.

Je porte une valise vide dans le salon. Sans aucune logique, j'y dépose ce qui me tombe sous la main : un coussin bordeaux, une veste marine, une paire de menottes en métal. J'agis pour ne pas réfléchir, pour maintenir en place le barrage des pensées. Dans la minuscule cuisine, je sors du placard les quelques verres que j'ai apportés, me sers un peu d'eau.

Sans prévenir, la vague déferle. Je titube jusqu'au lit, m'écroule dans les draps. La couverture pèse sur mes épaules comme un fardeau. Je respire péniblement.

Je n'arrive pas à résister aux souvenirs qui m'accablent maintenant sans relâche. Je les laisse m'envahir, me malmener. J'espère que la douleur va finir par se lasser de venir me lacérer.

Mon visage n'est que larmes, délavé, lessivé, las. Je lutte. Je lutte contre Vaira. Contre son désir. Contre sa violence. Je lutte contre mon envie de lui céder, de reprendre sa vie factice.

J'enfouis ma tête sous le coussin pour me cacher, pour cacher ma honte, cacher la honte de ma fêlure. Mes mains serrent mes bras, mes doigts pétrissent mes muscles jusqu'à me faire mal. Je tente de me contenir, de la contenir elle.
Elle me fait peur.

Elle fixe hagarde ce monstre qui écrase cette chair morte.

J'entrouvre les yeux. La perruque est jetée là, cadavre roux sur le sol.
C'est fulgurant. Le déchirement dans mes entrailles. La conscience du corps souffrant. Je saigne de l'intérieur, je me délite, je m'éteins.
Mes genoux rentrent dans mon ventre, je voudrais disparaître. Revenir à une gangue. Vide.

*

La lumière de l'aube me réveille. J'ai besoin d'air.
Je sors de l'appartement, j'ai laissé la valise ouverte dans le salon. Je hante seule les environs de la maison. J'observe ce quartier dans lequel je commençais à me sentir chez moi. Chez nous.
Je ne sais plus si je suis de garde à l'hôpital aujourd'hui. Je ne crois pas.

Mes pas me mènent vers un carré de verdure pris entre deux rues. Ce matin, la rosée a gelé sur la pelouse. Les rayons de soleil rasant transforment le sol en une mer verte miroitante. La végétation, couchée par la brise glacée, imite l'onde marine.

Je me demande quand revient Valentin. Ce doit être demain. Oui, demain.

Je pose un pied sur le sol humide. Les brins d'herbe couverts de givre crissent sous mes baskets. Les semelles laissent des marques derrière moi. Mes empreintes dans ce monde. Une preuve que j'existe encore.

— Non…

Ma voix n'est qu'un gémissement dans le silence. Je refuse toujours d'accepter.

Je ne reconnais plus les lieux, les rues anonymes, les maisons identiques.

Je voudrais revenir sur mes pas, retrouver Madame Schmidt, la regarder me sourire sous le porche. Je voudrais qu'elle me prenne le bras, qu'elle me fasse entrer dans son vestibule. Renifler ses cheveux qui sentent le cacao et le sucre, ce parfum d'enfance oublié. Je voudrais revoir cette petite mamie, cette grand-mère dont on a tous rêvé. Celle qui nous donne du lait à la fraise et du gâteau au chocolat pour le goûter.

Hagarde, je continue ma route. Le chemin me ramène vers sa maison. Je souris en repensant à la première fois que je l'ai vue. Ce vieux rose, comme un bonbon chaud, ce petit jardin couleur de menthe, cette chaleur qui se dégageait du bâtiment. Comme un prolongement d'elle, un festival de couleurs et de saveurs.

Je voudrais hurler pour me libérer, pour cracher à la vie son injustice. Je voudrais la faire réapparaître, que Madame Schmidt soit là pour sécher mes larmes, celles de son absence.

Les volets sont fermés, la porte est close. Aucune lumière ne filtre par la lucarne. Sa disparation est partout.

Je monte l'escalier qui m'a permis de vivre près d'elle ces quelques semaines.

La valise m'attend dans le salon.

☙

Les gémissements de Black le tirent de sa torpeur. Machinalement, il caresse la tête du labrador, tente de faire cesser le bruit de sa gorge. L'animal perçoit la distance de son maître, insiste avec des tonalités plaintives. Il lèche le bout des doigts de Samuel, mordille la pulpe de son majeur, pose sa tête sur ses genoux.

— D'accord mon chien, je suis là.

Samuel prend une grande inspiration, expire lentement pour revenir à lui. Il est encore sous le choc des dernières heures. Cette nuit encore, il n'a pas trouvé le sommeil. Le chaos de ses pensées l'a assailli sans faiblir. Il voudrait oublier. Oublier aussi ce que ses mains ont touché.

Pourtant, il a besoin d'y retourner, de revenir chez Madame Schmidt. Y retrouver des souvenirs plus apaisés, s'imprégner des lieux tant qu'il pourra. Il veut capter encore les odeurs musquées, frôler les statues de bois, passer ses doigts sur les tentures. Profiter de ce qui reste de sa présence.

Personne ne sait ce que va devenir la maison. La vieille dame aura été discrète jusqu'à la fin.

Samuel détend ses jambes, s'appuie sur les accoudoirs pour se relever. Les clés font une bosse dans la poche de son pantalon. Black jappe pour l'encourager à sortir, il appréhende la réaction de sa mère qui trouve son comportement sordide.

— Je vais y aller Maman !

La voix crie à son tour pour se faire entendre.

— Tu veux que je t'accompagne ?

Il entend ses pas qui s'approchent.

— Pas cette fois, je veux y aller seul.

— Tu es sûr ?
— Ça ira Maman.
— Bon, bon. Tu sais ce que j'en pense.
Le ton pincé de sa mère attaque ses nerfs usés.
— La femme de ménage est passée de toute façon, on ne pouvait pas laisser… Fais attention quand même.
— Oui Maman.

Sa mère ne mesure pas son état de tension. Samuel a hâte de sortir maintenant, de faire cesser ce jeu psychologique humiliant. Quoi qu'elle puisse penser depuis son accident, il n'est plus un enfant – depuis longtemps.

— Tu viens Black ?
Son chien aboie joyeusement à la perspective de la balade. Il se poste devant la porte d'entrée, attend, immobile. Le jeune homme frôle ses oreilles, ouvre le battant. Le labrador fait quelques pas à l'extérieur, lève le regard sur son maître qui ferme derrière lui.

Samuel parcourt la rue familière, il a lâché le harnais. Black ne s'éloigne jamais trop longtemps, il sait qu'il sera sous sa main s'il le siffle. Sa canne blanche balaye le sol en arc-de-cercle devant lui, le protège des obstacles éventuels. Aujourd'hui, il ne fait pas confiance à sa mémoire des espaces, son cerveau est trop embrumé de tristesse.

Ses doigts glissent sur les barrières, les murets. Les plaques de céramique se succèdent dans un compte à rebours qui le sépare de chez Madame Schmidt. Bientôt il devra se confronter à l'espace qu'elle a déserté.

Le jeune homme ralentit sa foulée, son cœur bat plus fort sous l'anxiété. Encore quelques pas et il sera arrivé.

Samuel explore l'environnement du bout de sa canne, il n'est pas encore prêt à franchir le portillon. La pointe bute contre le pneu d'une voiture garée devant le jardin. Instinctivement, il se tourne vers la maison, essaie de déceler un son, un bruit venant vers lui. Rien.

Il siffle. Black se colle à sa jambe, rassurant.

— On y va mon chien.

Le jeune homme et son labrador s'approchent du perron, grimpent les quelques marches. L'animal sent la tension de son maître qui secoue la tête pour éloigner ses démons. Le sang bourdonne à ses oreilles, la nausée le fait grimacer : il doit y aller.

Samuel saisit la clé dans sa poche, le verrou émet un claquement dans le silence. À peine a-t-il ouvert la porte que Black se précipite à l'intérieur, se met à aboyer furieusement. Le jeune homme sursaute quand un chat se faufile entre ses pieds. La canne au bout de son bras vient emporter un vase, qui se brise au sol dans un fracas assourdissant.

○₃

Un sifflement provenant de la rue, lointain, une perturbation dans les limbes de mes pensées. Machinalement, je suspends mon geste, garde une main posée sur le vêtement que je suis en train de plier. La connexion entre mes doigts et mon cerveau se rétablit. Je détecte le velours du tissu sous ma paume, le parfum volatil qui l'imprègne.

C'est un bruit de verre cassé provenant du rez-de-chaussée qui me fait revenir définitivement à la réalité.

Il y a quelqu'un en bas, chez Madame Schmidt.

Mon corps revient à la vie, le sang pulse de mon cœur à mes jambes, l'air emplit mes poumons, ma bouche expire bruyamment. La chambre est lumineuse, le soleil y déverse ses rayons, je vois de nouveau.

Je me déplie, me redresse. Le parquet grince faiblement sous mes pieds nus. En quelques enjambées, je suis sur le seuil de l'appartement. J'enfile mes baskets, le cuir est froid contre mes orteils. Mon manteau sur les épaules, je ferme délicatement pour ne pas attirer l'attention.

Dans le jardin, le chien noir. Il est aplati au sol, la truffe entre ses pattes. Il regarde le chat assis sur le muret. Le félin est immobile, les yeux fixés sur le labrador, seule sa queue se balance dans un mouvement saccadé.

Je m'approche de l'entrée, inquiète.

— Samuel, tout va bien ?

Je n'ose pas avancer, pénétrer dans cet endroit, sans elle. Des cheveux bruns émergent de l'obscurité. Les traits du jeune homme sont las, mélancoliques et en même temps intrigués.

L'expression de son regard éteint me saisit.
— Laquelle êtes-vous aujourd'hui ?

La stupeur me rend muette.
— Excusez-moi, je ne voulais pas vous brusquer. J'aurais pu vous le dire autrement, je n'ai pas réussi. Véro, Vaira, ça m'importe peu aujourd'hui. Il n'est plus nécessaire de vous cacher.

Je déglutis.
— Comment ?
Il hausse les épaules.
— Les aveugles perçoivent ce que les yeux ne peuvent voir. Votre parfum, le timbre de votre voix même si vous en jouez. Mais ce qui vous a trahie, c'est votre poignet. La marque en arc de cercle à la jointure de la main droite. Vaira a la même.

Je suis soulagée qu'il ne puisse pas lire l'angoisse sur mes traits à cet instant.
— Vous… vous allez bien ? J'ai entendu du bruit.
— J'ai renversé quelque chose. Ce doit être un vase.
— Je peux vous aider si vous voulez.
— Je vais devoir accepter.

Samuel se décale sur la droite, je le frôle en passant, frissonne. Je trouve l'interrupteur sur le mur, éclaire l'entrée de la maison. Une auréole est encore visible sur le parquet, j'ai un haut-le-cœur quand je comprends ce qu'il y avait là.
— Je vais voir ce que je trouve à la cuisine.
— Je ne bouge pas.
Son intonation sarcastique résonne jusque dans le couloir.

Il ne cille pas à mon retour. Son corps est tendu dans l'entrebâillement de la porte, son visage tourné dans ma direction. Sa canne bat contre ses jambes, d'un rythme impatient. Je m'agenouille sur le sol, ramasse les bouts de porcelaine éparpillés. Je sens sa présence, qu'il guette chacun de mes gestes.

— Que va devenir Vaira ?
Mes joues brûlent de honte.
— Je ne sais pas.
Je le sens hésiter.
— Je peux vous revoir ?
Je réponds, cynique :
— Laquelle ?
Il se reprend, gêné.
— Vous revoir vous, pas Vaira.
— Je ne sais pas. Peut-être.

Le sac poubelle pend dans ma main. Le silence est trop lourd à porter, je ne suis pas assez forte.
— Je vais remonter Samuel.
Je le vois se redresser, se ressaisir.
— Très bien. Je vais rester ici un moment, j'ai besoin de m'imprégner encore un peu d'elle.
— Je vous comprends.
— Au revoir Véro.
— Au revoir Samuel.

Je me réfugie dans l'appartement, rabats la porte, y colle mon dos tremblant. Les larmes coulent de nouveau. De rage, de honte, de soulagement.

☙

Samuel est seul dans la maison silencieuse, il a laissé la porte ouverte pour que le sol sèche. Il promène ses sens aiguisés dans le couloir, jusqu'à la cuisine. Il s'enivre des odeurs de thé qui persistent, du parfum d'un basilic qui pousse dans un coin. Sa mémoire le ramène au salon, il imagine sa voix, ses intonations, son rire.

Son oreille perçoit un mouvement à l'extérieur.

Des pas dans l'escalier de pierre.
Une portière qui claque.
Un moteur qui démarre.

Elle est partie.

19

Le bruit des baskets résonne sur les murs des bâtiments, à chaque foulée qui vient frapper le trottoir. Un pigeon s'envole, courroucé, sur la branche du platane dressé au bord de la route. L'adolescent ne se retourne pas, son regard est fixe, rivé vers son objectif.

Valentin continue sa course pour rentrer. Dans son dos, son sac ballote sous son élan à revenir chez sa mère. Il n'aime pas passer autant de temps loin d'elle, loin de ses bras, loin de ses baisers, loin de sa chaleur. Deux semaines sans voir son visage c'est trop long. Il accepte les contraintes de la situation de ses parents, n'a rien connu d'autre de toute façon. Mais il n'apprécie pas quand la distance s'éternise. Dans un sens ou dans l'autre.

Il freine son allure sous le porche de l'immeuble. Sans reprendre sa respiration, il compose le code, pousse la lourde porte au son du bourdonnement électrique. Il se lance dans le hall, commence à monter les marches en bois deux par deux.

— Quelle mouche te pique ? Moins de bruit garçon !
— Bonjour Madame Pons !
Valentin ne ralentit pas, il garde son souffle pour maintenir le rythme de son ascension. Il n'a que faire des brimades de la gardienne qui a l'air dans un mauvais jour. Dans cinq minutes, elle l'aura déjà oublié. Il veut être chez lui, c'est tout.

Sur le palier de son étage, il libère son épaule droite de la bretelle qui l'enserre, ramène son sac-à-dos contre son ventre. Il plonge la main dans la poche avant, extirpe son trousseau de clés du stock de papiers de bonbons et de bâtonnets de sucettes, vestiges d'Halloween.

Un quart de tour suffit à débloquer le pêne, la porte s'ouvre sous la pression de son pied.

— Maman !

Il jette son cartable par terre, aperçoit le dos de sa mère assise dans la cuisine. Il ne lui laisse pas le temps de se lever, se précipite derrière elle, l'entoure de ses bras. Avide, il colle son nez dans son cou.

— Tu m'as manqué !
— Toi aussi mon bonhomme.

Il la picore de petits baisers sur la joue, elle frotte son front contre ses cheveux.

Dans son étreinte, ses halètements se calment, les battements de son cœur ralentissent, il ronronnerait presque.

— Je t'aime Maman.
— Oh moi aussi mon amour.

Le timbre de Véro est voilé de sanglots. Valentin se décolle, elle pose son regard sur lui. Il a mouvement de recul quand il découvre la pâleur de ses traits, les cernes sombres sous ses yeux verts.

༃

La mémoire du corps. Les gestes cent fois répétés, devenus automatiques.

Positionner le bras, paume de main vers le haut. Entourer le biceps de la lanière de caoutchouc, demander de serrer le poing. Tapoter la veine violette qui affleure au creux du coude, frotter la zone avec une compresse imbibée d'alcool. Préparer les éprouvettes, saisir l'aiguille. Proposer de tourner la tête et enfoncer la tige métallique sous la peau. Enclencher le premier tube, relâcher le garrot. Regarder le sang s'écouler contre la paroi de verre, décrocher le récipient. Le basculer de bas en haut, mélanger le liquide rouge avec l'anticoagulant. Enclencher le tube suivant.

Le programme dans mon cerveau est efficient. Je termine la prise de sang, prononce un mot apaisant au patient. Mon sourire aussi est automatique.

Aujourd'hui toutes les chambres se ressemblent. Les portes blanches dont je ne lis plus les numéros, les personnes anonymes allongées sur leurs draps bleus. Je ne comprends que les signes sur les ordonnances, les noms des médicaments, des examens, que le médecin a prescrits.

Je continue la tournée des lits, inlassablement. Je fais mon travail, ce qui est attendu de moi. Emma est à mon côté. Elle ne pose pas de questions. Elle reste la gardienne de mon silence, de mon besoin instinctif de rester professionnelle. Agir pour tenir.

Une partie de mon âme refuse encore de revenir dans ma chair. Je la sens méfiante et je ne peux pas la blâmer. Mes sens sont encore embrumés, les connexions neuronales pas totalement rétablies. Mon être est en convalescence, comme ces patients que je visite un par un.

Dans le couloir, une main se pose sur mon épaule.
— Ça va Véro ?
Je tourne la tête, croise le visage compatissant d'Amélie. Le coin de ma bouche frémit, j'ai peur de desserrer les lèvres. Que la tristesse gagne du terrain. D'un léger haussement du buste, j'ose :
— Pas trop.
J'aperçois les gros yeux qu'Emma lui jette en posant son index sur sa bouche. Je souris silencieusement. Amélie me fait un clin d'œil.
— A tout à l'heure.

Je hoche la tête mécaniquement. Le barrage a tenu.

*

Devant mon casier ouvert, je détache la montre épinglée à ma blouse, la pose sur la tablette, à côté de mon portable que j'ai abandonné pour le service. Je tire sur les pressions d'un coup sec, encore hébétée par ma journée.

Je réalise que tout s'est bien passé. Je mesure la chance que j'ai d'être aussi bien entourée à l'hôpital. Le chef de service, compréhensif. Amélie, qui a géré les urgences. Emma, en soutien du quotidien.

J'esquisse un demi-sourire. La sécrétion des endorphines reste à faible débit. J'ai conscience que je dois accepter le temps du deuil. Que je dois accepter le temps de réparation. On ne tire pas sur une plante pour la faire pousser plus vite.

Je saisis mon téléphone, vérifie que Valentin n'a pas cherché à me joindre.

Un appel en absence.

Je me fige quand je découvre le correspondant. Mon cœur bat dans mes tempes, le portable glisse entre mes doigts moites. Le nom de Samuel est inscrit à côté de l'icône de messagerie vocale. Animé d'une intention qui lui est propre, mon index effleure la mention *Ecouter*.

Le son de sa voix dans le répondeur me fait tressaillir. Le timbre est grave, encore voilé de chagrin. Indéfiniment chaleureux.

— Bonjour Véro.

J'entends sa respiration dans le combiné. J'ai l'impression qu'il est à côté de moi.

— Je vous demande pardon d'appeler à ce numéro. C'était la seule façon que j'avais de vous informer.

Je l'entends tousser pour s'éclaircir la gorge.

— Je voulais vraiment vous prévenir. L'enterrement d'Hilda Schmidt a lieu demain, à seize heures. Je ne sais pas si vous pourrez y être. Je sais qu'elle aurait voulu que vous sachiez. J'espère vous…

Sa voix se brise sur un sanglot qu'il a retenu.

— Au revoir Véro.

C'est ainsi, figée, prostrée devant mon écran, qu'Amélie me trouve. Elle s'approche de moi avec lenteur, dépose son bras rond autour de mon épaule, ramène ma tête dans son cou pour accueillir ma peine.

Je m'abandonne à cette chaleur humaine, m'autorise enfin la vague émotionnelle que je tiens contenue depuis le matin. Je sens sa main maternelle contre mes cheveux, ces caresses jamais reçues dans l'enfance. L'encolure de son chemisier s'imbibe de mes larmes, du mucus nasal auquel elles se mêlent.

Je la laisse me serrer contre son corps plein d'amour et de chair, par la Mère qu'elle incarne pour moi à cet instant.
— Ça va aller mon ange, ça va aller.

Elle me berce encore quelques minutes, me chantonne des sons sans queue ni tête. Je me laisse porter par la tendresse dans sa voix, mes yeux cessent de couler. Un soupir immense s'échappe de ma poitrine. Je lève mon nez rouge, elle rit. L'onde de tristesse est passée.
— Est-ce que tu pourrais assurer seule demain à partir de quinze heures trente ? L'enterrement est à seize heures.
Amélie essuie la larme qui est restée accrochée à ma pommette.
— Bien sûr ma belle. Aucun problème. Tu veux que je demande à Emma de t'accompagner ?
— Non, ça va aller.
Un sursaut de certitude.

Je me redresse, regarde mon amie dans les yeux. Son œil inquisiteur me scrute, sourcil froncé. Les rides sur son front se détendent, sa bouche aux lèvres pleines sourit.
— D'accord. Je vais prévenir chef.

Je souffle dans un murmure :
— Merci.

20

L'adolescent patiente devant le robinet ouvert, debout dans la cuisine. L'eau dans l'évier est suffisamment chaude pour dégraisser les poêles sans lui brûler les mains. Il a déposé dans la cuve tout ce qu'il a estimé souillé et suspect. Il regarde le niveau monter, recouvrir peu à peu les ustensiles.
  Sa mère n'est toujours pas rentrée et il s'inquiète.

  Valentin fait couler un jet de liquide vaisselle sur l'éponge humide, la presse dans sa paume pour l'imbiber complètement. Il commence par les verres qu'il dépose, couverts de bulles, sur le plan incliné. Une à une, il frotte les assiettes, s'amuse des bruits spongieux sur la céramique. Il fouille le fond de l'évier à la recherche des couverts qui s'entrechoquent. Avec application, il gratte la lame des couteaux, les dents de chaque fourchette.
  Véro l'a prévenu de son retard.

  Le garçon pense à son soulagement quand elle découvrira qu'il a fait la vaisselle. Il essaie d'aider, de lui montrer qu'elle peut compter sur lui. Qu'elle n'a pas besoin de toujours demander qu'il participe à leur vie.

Il regarde son éponge couverte de mousse, jette un œil sur ce qu'il reste à laver : le plan de travail, un faitout, la plaque de cuisson.
Il astique la dernière casserole. Il récure l'intérieur, jusque dans les aspérités du métal. Il récure l'extérieur, noirci de longue date par les vapeurs de gaz. Il la rince, la remplit pour y faire baigner les couverts, les verres.
Il décolle la ventouse qui obstrue la bonde, regarde le liquide écumeux s'écouler.
Il songe à l'attitude de sa mère qui depuis quelques temps le laisse perplexe.

La cuve finit de se vider dans un gargouillement. Valentin y redépose les ustensiles encore savonneux. Sous un filet d'eau claire, il chasse les traces de bulles sur chaque objet, empile la vaisselle propre en équilibre sur l'égouttoir. Il sèche au torchon les verres, surveille les traces sous la lumière de l'ampoule. Il frotte les dernières gouttes sur le plan de travail maintenant dégagé.
Il recule de quelques pas, admire le résultat.

Véro occupe toujours ses pensées. Ces derniers mois, elle semble ailleurs, parfois une autre.
Le garçon aimerait retrouver cette femme qui, de temps en temps, oublie d'être sa mère.

❦

La pluie tombe sans discontinuer. L'eau crépite sur les parapluies noirs, forme un rideau mouvant devant nos yeux. Au loin, le tonnerre gronde, le son sourd se répercute sur les dalles grises. Les nuages épais masquent la lumière, donnent au paysage les couleurs du crépuscule. Le ciel a choisi de venir pleurer avec nous aujourd'hui.

À quelques mètres de moi, des pieds pataugent entre les mares formées dans le gravier. Ils vont rejoindre les silhouettes sombres serrées les unes contre les autres, qui tentent d'échapper au froid, à l'humidité, au deuil.

Le cercueil de Madame Schmidt est posé sur des tréteaux devant la tombe béante. Les employés des pompes funèbres patientent dans leurs costumes noirs. L'un d'eux surveille sa montre, fait un pas en avant. Il hausse son menton, regarde au-delà de mes épaules, annonce :

— Madame Hilda Schmidt n'a pas souhaité de cérémonie religieuse. Elle a proposé de laisser s'exprimer ceux qui le désireraient. Je vous laisse donc la parole.

Il se remet dans le rang, les mains jointes devant lui.

Les unes après les autres, les silhouettes s'avancent.

J'écoute ces femmes et ces hommes qui se relaient pour parler d'elle, leur hommage à cet être unique qu'était Hilda Schmidt. Ils retracent sa vie, tout ce qu'elle n'a pas eu le temps de me confier. Ses études universitaires orientées vers l'humanitaire. Son implication dans les associations pour aider à l'éducation des petites filles. Son refus d'un homme à ses côtés, par dévouement à sa cause, dont elle ne s'est jamais détournée.

J'écoute leurs voix enrouées de sanglots, la façon dont ils narrent sa joie, sa capacité à faire pétiller la vie. Ce qu'ils veulent emporter d'elle dans leur cœur, maintenant qu'elle est partie.

J'écoute leur chagrin, leur affection, leur courage dans l'acceptation de sa mort, si subite.

Mon visage ruisselle de larmes silencieuses. Je reste en retrait, la gorge nouée, incapable de me joindre à ces témoignages. Tout ce que je pourrais dire me semble illégitime, je n'ai ma place que dans la solidarité de la douleur.

Ici, nous sommes tous frères et sœurs, humains reliés par la perte.

Samuel est un peu plus loin, sur ma gauche. Il est au bras d'une dame que je comprends être sa mère. Je me tiens à distance, il ne sait pas que je suis venue.

Son corps s'est affaissé sous l'accablement. J'observe le profil de son dos vouté, ses épaules engoncées dans une veste sombre trop petite. Ses yeux éteints accentuent la désolation sur son visage défait. Je peux même voir ses lèvres trembler.

Et comme la mienne, sa bouche reste muette.

— Nous allons procéder à l'inhumation. Si vous souhaitez lui faire un dernier hommage, vous pouvez vous approcher.

Samuel reste immobile.

Alors je puise en moi la force d'aller jusqu'à elle, pour l'honorer une dernière fois. Je pose ma main sur le cercueil.

Le bois verni est lisse sous mes doigts.

J'y cherche ses rides qui bougeaient au rythme de ses récits, le bleu translucide de ses yeux vifs, sa voix vibrante d'amour. J'y cherche la chaleur de sa présence, la sagesse qu'elle portait avec humilité, son rire clair. J'y cherche sa vie, sa douceur, sa tendresse.

Je n'y trouve que les gouttes de pluie qui ruissellent sur la boîte, le métal glacé des clous qui la scellent, l'étendue de la tristesse qui me comprime et m'oppresse.

Elle n'est plus que cette caisse anonyme.

Je ne recule que de deux pas, impossible d'aller plus loin. Je regarde le cercueil disparaître dans la tombe, les cordes qui glissent sur les épaules des hommes, ralenties par leurs gants de cuir. Je suffoque de douleur, musèle mes lèvres pour contenir mes cris. Je retiens mon corps qui voudrait se précipiter dans l'ouverture du sol, je maudis l'élan mortel que je m'interdis. Je lutte, m'épuise, abandonne.

Je me dois d'être vivante. C'est ce qu'elle aurait voulu.

L'amour de soi d'abord. D'abord.

Le temps est suspendu. Les murmures ont fait place au silence.

Les employés des pompes funèbres remontent les cordes, les enroulent sur leur bras. Ils plient les tréteaux, les déposent dans le corbillard.

Comme une réponse à mon engagement muet, la pluie s'apaise, cesse. Un rayon lumineux perce le gris des nuages, victorieux. Imperceptiblement, les têtes se relèvent. Les parapluies noirs se ferment.

Peu à peu, les discussions reprennent, les silhouettes s'éloignent.

Samuel repart au bras de sa mère, sa démarche est hésitante. J'ai l'impression qu'il attend quelque chose, quelqu'un, peut-être moi. Je le vois tourner sa tête à droite à gauche comme s'il voulait capter les sons autour de lui.

Je ne bouge pas.

Je ne veux pas qu'il m'entende, qu'il sente ma présence. J'ai besoin de rester – encore – loin de cet homme, qui est le seul à savoir ce que je suis.

Je le regarde disparaître derrière un mausolée.

Je ramasse une rose écarlate tombée sur le gravier, baise ses pétales.

— Merci Hilda. Merci pour tout.

La rose rejoint ses congénères dans la tombe encore ouverte.

*

J'entre chez moi encore transie de froid, de pluie, de chagrin. Je retire mon manteau, l'accroche à la patère, l'eau dégouline sur le parquet.

Dans mon dos, la voix de mon fils :

— Ça va maman ?

Je me retourne, découvre le visage inquiet de Valentin, ses yeux bleus interrogatifs. Il se précipite dans mes bras.

— Qu'est-ce qui se passe ? Tu étais où ?

Je le serre fort contre moi.

— J'étais à un enterrement mon bonhomme.

Il s'alarme des inflexions de ma voix.

— Mais de qui ?

— Une patiente de l'hôpital, elle est décédée il y a quelques jours.

Mon fils s'agrippe à moi, compresse sa tête dans mes côtes. J'enfouis mon nez dans ses cheveux. Je renifle son odeur, l'odeur de la vie, l'odeur de son enfance qui s'éloigne, l'odeur de son adolescence qui prend la place.

— Mais… pourquoi tu ne m'en as pas parlé avant ? C'était qui cette patiente ?

Je reste muette. Valentin s'écarte, me regarde intrigué. Les sujets que nous n'abordons pas ensemble sont rares. Il n'a pas l'habitude que je lui taise des pans de ma vie. Et pourtant.

Je lui caresse la joue, m'imprègne du velouté de sa peau pâle. J'imagine leur rencontre qui n'aura jamais lieu.

Je tente un sourire réconfortant.

— C'était une adorable petite mamie. Elle s'appelait Hilda Schmidt. Je suis sûre qu'elle t'aurait plu. Et que tu lui aurais plu aussi.

Valentin semble rassuré. Il se détourne, me sourit :

— Bon maman… Tu viens m'aider à faire mes devoirs maintenant ?

Je regarde mon fils. Sa façon de me sortir de ma torpeur, de me réveiller à la vie. La vie qui continue. La vie qui m'offre le cadeau de sa présence : le voir grandir, devenir ce jeune homme, puis cet homme en devenir.

Je regarde mon fils et je comprends.

Je comprends qu'il est temps.

Il est temps de savourer les moments de plein, plutôt que de me désespérer des moments de vide.

21

La nuit est tombée sur l'hôpital. Le téléphone du service pèse dans ma blouse, mes doigts le frôlent dans le balancement de mes bras. Les chaussons de papier glissent sur le lino, amortissent le bruit de mes semelles dans le silence des couloirs. J'évite un lit vide stationné devant un ascenseur, contourne un charriot métallique dans lequel sont glissés des plateaux propres. Son ombre s'étire sur le sol, seule la lumière des réverbères filtre par les fenêtres.

Ce soir, pas de drame.

Certains étages sont déserts, nous sommes peu nombreux de garde aujourd'hui. Le contraste avec la journée est saisissant. Quelques heures encore auparavant, l'ambiance était frénétique, les lieux palpitaient tels une ruche en effervescence. Les allées et venues des visiteurs se mêlaient aux mouvements incessants des soignants, du personnel de service. Les sollicitations, les conversations, les cris, emplissaient l'espace sonore.

Ce soir, tout est calme.

*Mon corps est libre de ce poids qui l'a broyé.
Mais mon âme hésite encore à le regagner.*

J'avance, cernée des fantômes de ces bruits dont j'entends encore l'écho J'avance, et je hante à mon tour les espaces à présent inhabités.

Les sujets en ambulatoire sont rentrés chez eux, le service de consultations est fermé. L'odeur des produits de nettoyage imprègne encore le bâtiment, les agents d'entretien ont accompli leur mission quotidienne.

Je continue ma ronde, observe, tends l'oreille. Certaines portes sont entrouvertes, certaines portes sont fermées. Les veilleuses d'alerte au-dessus des chambranles restent éteintes. Les murmures du sommeil des patients me parviennent, les toux rocailleuses, les nez qui reniflent.
Je suis cette gardienne de nuit qui veille sur leur repos.

Un aide-soignant sort de la chambre 234, me salue gravement de la tête. Aucun de nous n'éprouve l'envie de parler. Par la porte entrebâillée, les imperceptibles ronflements de Monsieur Drance troublent la tranquillité. Je pousse le battant, le bip du moniteur m'accueille.

Le visage encadré de blanc dort paisiblement, malgré la respiration pénible. Sa poitrine se soulève et s'abaisse dans une lutte pour la vie.
Le mouvement cesse.
Le cœur a un raté… puis reprend son rythme.

Ce soir, il n'y aura pas de drame.

*

J'ai laissé la place à l'équipe de jour.
Je rentre chez moi, retrouver Valentin avant son départ pour la semaine.
Les passants que je croise ont le regard encore embrumé d'un réveil trop matinal. À cette heure de l'aube, je fais partie de ceux qui reviennent se coucher dans un lit encore fait. Je retiens la porte de l'immeuble, le pêne s'enclenche dans un léger claquement. J'évite les marches qui grincent, me fais discrète, mon pas aussi léger que possible.

Je rentre chez moi, me retrouver – aussi.
Je découvre Lucille endormie sur mon canapé, un plaid posé sur ses jambes repliées. Elle n'a pas bougé quand j'ai ouvert. Lovée contre un coussin, elle ressemble à un petit chat sauvage que l'on n'oserait pas approcher.
Je me surprends à la regarder dormir, son visage plus juvénile sous le sommeil. J'admire l'arrondi de sa joue caramel, l'ourlet de ses lèvres cacao. Je comprends la fascination d'Emma pour cette jeune femme, son émerveillement intarissable témoin de son bonheur de l'avoir dans sa vie.

Elle sursaute malgré ma tentative de fermer la porte d'entrée sans bruit.
— Oh c'est toi Véro.
— Excuse-moi je ne voulais pas te faire peur.
Lucille baille, s'étire, se lève.
— Non ça va. Je vais y aller.
— Tu veux que je te fasse un café avant de partir ?
Elle cligne des yeux, fronce son nez.
— Je crois que oui. Merci.

Nous nous dirigeons vers la cuisine, la pâleur du jour éclaire faiblement la pièce. Je mets de l'eau à chauffer, sors la cafetière à poussoir du placard. Dans le récipient en verre, je verse deux cuillères rases de café moulu, les recouvre d'eau bouillante. L'odeur de l'arabica se diffuse jusqu'à nos narines.

— Ça s'est bien passé avec Valentin ?
— Mais oui, c'est un amour ton fils.
— Merci d'avoir accepté encore une fois de faire la nounou.
— Ça me fait plaisir de t'aider Véro.
Je la regarde, reconnaissante. Lucille est devenue mon lien avec Valentin quand je suis absente, un lien de transition – un lien dont nous avons besoin tous les deux.

— Emma n'a pas trop râlé que je t'enlève à elle une nuit ?
— Elle m'a dit qu'elle te le ferait payer.
Nous contenons un éclat de rire complice dans le silence.

Je presse le filtre de la cafetière, verse le liquide noir, tends un mug à Lucille. Elle boit son café à petites gorgées, ses traits se défroissent, son regard recommence à pétiller.
Elle relève la tête de sa tasse.
— Au fait, tu as reçu un recommandé, j'ai signé pour toi. Je l'ai posé sur la petite table.
— Tu es adorable…
Elle me fait un clin d'œil.
— Ce sera rajouté sur ta note !

La fatigue et la lassitude doivent se lire sur mon visage. Lucille pose son mug sur la table, en fait le tour, me serre dans ses bras. Je m'abandonne à son étreinte, la tient fort contre moi.
— Merci Lucille, merci mille fois.
— Avec plaisir. Vraiment.

Je la raccompagne à la porte, l'embrasse sur la joue.
— Le bonjour à Emma de notre part.
— Ce s'ra fait ! À bientôt Véro.

Je referme derrière elle, me dirige vers l'enveloppe posée sur la table du salon. Un courrier officiel d'un notaire. La réalité revient me frapper de plein fouet.
L'enterrement.
L'appartement pour Vaira que je n'ai pas vidé.
Samuel.

Je décachète le courrier, déplie la lettre, ma main tremble.

« *Madame,*
Par la présente, nous vous informons que Madame Hilda Schmidt a fait de vous, un de ses deux légataires testamentaires pour l'ensemble de ses biens. Vous êtes convoquée à l'office notariale jeudi douze décembre à quatorze heures trente pour la lecture du testament. »

Je laisse retomber la page sans lire les autres mentions, m'effondre sur le canapé, abasourdie. « Un de ses deux légataires ».
Je crois deviner qui est le second.

— Maman !
C'est un ouragan blond qui me sort de l'état léthargique dans lequel j'ai sombré depuis une heure. Il se jette entre mes bras, me bascule contre le dossier. Et une pluie de baisers parfumés de l'enfance vient picorer mes joues.

*

J'ai garé ma voiture sur le parking bétonné. Je franchis les grilles ouvertes, évite un arrosoir posé sur le sol. Le robinet qui dépasse du mur goutte encore, l'eau s'accumule entre les pavés, forme une auréole humide, poisseuse.

Je m'avance dans l'allée, mes pas crissent sur les graviers. Les plaques de marbre s'alignent à droite et à gauche, le gris se mêle au noir qui se mêle au blanc. Je longe des tombes aux fleurs fanées, aux bouquets abandonnés, des tombes aux jardinières entretenues, fleuries de rouge, et de violet.

Je marche lentement, je voudrais ne jamais arriver.

Et pourtant. Je suis face à elle, face à sa tombe devant moi. Je m'assois sur la pierre, le froid pénètre le tissu de mon pantalon. J'embrasse la dalle glacée, pose la tête contre la stèle. Mes doigts suivent le dessin doré des lettres gravées, son prénom à mes lèvres.

— Bonjour Hilda.
J'avais besoin de venir. D'être près de vous.
Je veux croire que vous êtes bien là où vous êtes.

J'espère que vous savez combien notre rencontre m'a nourrie.
J'aurais tellement aimé partager d'autres après-midis, d'autres conversations, d'autres confidences.
Mais vous êtes partie.
Pourquoi ?

J'ai conscience que je ne vous ai pas beaucoup parlé de mon fils. Je le regrette. Valentin est chez son père. Il me manque. Il y a des soirs où la solitude me pèse vraiment.

N'avoir personne pour échanger, errer sans but dans l'appartement.
Je suis sûre que vous comprenez.
Alors pourquoi m'avoir laissée seule ?

Seule face à elle.
Seule face à moi-même.

Aujourd'hui, Dominique a essayé de m'appeler.
Enfin d'appeler Vaira.
Je n'ai pas répondu. Je n'ose pas couper encore.
Au fond, c'est le seul lien qu'il me reste avec vous Hilda.

Que je croyais qu'il me restait. Pourquoi m'avoir désignée légataire ?
Vous savez que j'aurais refusé si vous m'en aviez parlé !
Qu'avez-vous fait ?

Je ne sais plus quoi penser Hilda. J'aurais eu besoin de vous, de vos bras. Pour me consoler de votre perte.

Les nuages se sont accumulés, le jour décline comme une fin d'après-midi. Les rares oiseaux se sont tus, ils pressentent l'orage, le tonnerre à venir. Les premières gouttes de pluie s'écrasent sur le marbre sombre.

— Je sais que je dois appeler Samuel à présent.
J'ai si peur Hilda, j'ai si peur.

22

Ses yeux sont fermés. Il a branché le câble de l'ampli, sélectionné un morceau sur son lecteur MP4. Il a saisi la télécommande posée sur la chaîne-hifi, rejoint à tâtons le fauteuil installé au centre de l'auditorium. La musique relaxante égrène ses premières notes, ses premières phrases. Il monte le volume pour emplir la pièce. Pour emplir sa tête.

Il plonge dans ce monde sonore qui s'offre à lui. D'abord les variations du piano dans lesquelles il s'abîme. Sa respiration s'harmonise avec le rythme, un frisson parcourt ses épaules. Puis vient le bruissement des arbres, les trilles des oiseaux que le compositeur a intégrés. Son corps tangue, son cœur s'accélère, sa carotide palpite à son cou.

Un premier flash. Sa mémoire dessine les chemins de terre brune, les coquelicots carmin qui le longent, le flamboyant du soleil couchant. Il sent sous sa main l'écorce du chêne, revoit les courbes de ses feuilles, les nuances de vert qui apparaissent au printemps. Il retrouve l'envol des hirondelles, les marguerites sauvages, les pois des coccinelles. Il revoit le bleu, le jaune, le blanc, le patiné, le brillant.

Nouvel éclair. Il est sur sa moto. Les vibrations dans ses avant-bras attisent l'excitation de la vitesse. La visière ouverte, il sent l'odeur de l'huile, du goudron suant sous la chaleur de l'été. Le vent fouette son visage, ses poumons respirent à grandes goulées. Il abaisse son poignet droit, pousse sur l'accélérateur, son pied gauche enclenche les vitesses, synchrone.

Sa tête est pleine des hurlements du moteur. Il balance sa machine à droite, à gauche, encore à droite au virage suivant.

Le gravier scintille sur la route.

Il fonce. Il vit.

Samuel serre les accoudoirs dans ses mains, enfonce ses ongles dans le cuir rigide. Son dos tremble sous la tension de ses muscles. Sa mâchoire saille, contractée.

Il lutte. Il veut garder le miroitement des reflets, les nuances de couleurs, le relief des textures. Il veut garder les alternances d'ombrage et de clarté. Il s'agrippe aux souvenirs qu'il lui reste du monde. Ce monde dans lequel il est toujours en vie.

Il lutte. Il ne veut pas revenir encore.

Il refuse d'entendre le son lancinant qui résonne dans le couloir.

☙

J'appréhende chaque sonnerie qui retentit, me retiens de raccrocher entre les silences. Je regarde les secondes s'afficher depuis le début de l'appel, le téléphone glisse dans ma main moite. Je déglutis péniblement, ma langue frotte contre mon palais qui s'assèche.

— Oui allô ?

Je sursaute. Le temps d'une respiration, je suis de nouveau cette adolescente intimidée par l'autorité de l'adulte. Je me reprends.
— Bonjour Madame. Je souhaiterais parler à Samuel s'il vous plaît.
— Oui. Qui est à l'appareil ?
La voix est aigrie, crispée. Le timbre grinçant ne laisse pas de doute quant à l'identité de la femme qui vient de parler.
— Véro Madame. Je suis l'infirmière qui suivait Hilda Schmidt.
— Ah. Je vois.
Je n'ai aucune peine à imaginer ses sourcils se froncer, ses yeux se rétrécir, ses lèvres se pincer.
— Je vais le chercher.

Ses pas pesants et agacés résonnent dans l'écouteur. Une musique me parvient, lointaine. La femme toque quelque part et sans attendre de réponse, sa voix crisse :
— Samuel c'est pour toi. Une infirmière.
La musique s'arrête. J'entends une porte s'ouvrir, le combiné changer de main.
— C'est bon Maman, merci.

La porte refermée coupe le son des pas irrités qui s'éloignent.
— Véro ?

Sa voix est étonnée. Douce.
— Bonjour Samuel. Comment allez-vous ?

J'ai honte de la platitude de mes propos mais il réagit spontanément :
— Je suis encore très affecté.

La sincérité de sa réponse m'apaise. Un silence, puis j'ose :
— Avez-vous reçu un courrier du notaire d'Hilda Schmidt ?
— Oui. Ma mère me l'a lu. J'ai pensé à vous.

Une vague de chaleur inonde ma poitrine. Le pouvoir des mots espérés que l'on n'attend plus.
— Merci. J'ai pensé à vous aussi.

J'ai l'impression de l'entendre sourire.
— Samuel... je voulais vous proposer de passer vous prendre. Pour que nous allions ensemble à l'office.
— Ce serait avec joie.

Son ton enjoué me le confirme.
— Est-ce que quatorze heures vous irait ?
— Ce sera très bien. Je vous attendrai devant la maison d'Hilda.

Un pincement me serre le cœur à l'évocation du lieu.
— Je vous dis à jeudi en huit alors. Bonne semaine.
— Bonne semaine à vous Véro. Et merci.

Je raccroche, contemple le combiné éteint.

Une tension pointe entre mes omoplates. Malgré la bienveillance de notre échange, j'ai la désagréable sensation d'un malaise persistant.

*

Les images du cauchemar arrivent par saccade.

La fureur brûle dans ses yeux verts, ses cheveux roux épars encadrent son visage ravagé par la folie.
Vaira se précipite sur moi.
Je sens mes bras tailladés par les coups de crayon qu'elle me donne.
J'essaie de me défendre à mains nues contre sa rage. Sa rage de me dominer, de m'enfermer.
Je perçois sa colère, son désespoir. Elle veut vivre encore.
J'entends sa voix qui hurle « Pourquoi ? Pourquoi ? Pourquoi ? ».
Écho lancinant.

Je sors péniblement du sommeil. La sueur colle le débardeur à mon dos, ma peau est brûlante, le sang pulse dans mes poignets.

Son cri de désespoir hante ma nuit.

23

Je suis fatiguée. Fatiguée par le froid, fatiguée par la vie.
Les journées sont devenues interminables, le service de gériatrie est saturé. Nous sommes toutes et tous usés, par encore, un dernier pansement à changer, encore, un dernier courrier à rédiger.
Et quand il s'agit d'un nouveau patient particulièrement difficile, c'est le découragement qui sue par tous les pores de notre peau.

Amélie et moi sommes face à lui. Le vieil homme refuse de s'alimenter, il nous regarde, furieux. Ses mains tremblent d'hypoglycémie mais il s'oppose aux soins. Il a une fois de plus arraché sa perfusion, tenté de se lever. Nous l'avons retrouvé par terre, le visage tuméfié par sa chute.
Amélie l'a recouché, a subi ses insultes, injustes et injustifiées. Patiemment, elle a posé une gaze sur sa peau déchirée, qu'elle a recouvert d'un film transparent autocollant.

— Monsieur, si vous vous relevez encore, nous serons obligées de vous contentionner ?
— De me quoi ?
— De vous attacher au lit Monsieur. C'est la sécurité du service que vous mettez en jeu quand vous vous comportez de la sorte.
— Vous n'oseriez pas ?
Amélie me regarde tristement. Je hoche la tête.
— Si.
Sa bouche se tort dans un rictus de défi. Il tend ses poignets.
— Allez-y.

Ses hurlements nous alertent encore. L'homme a réussi à se libérer, il est tombé une nouvelle fois. Le dos au sol, il se tortille pour se retourner sans résultat. Il a tiré sur les sangles avec ses dents, les draps sont couverts de sang, d'urine. L'aide-soignant l'empoigne, l'emmène sous le jet de la douche pour le calmer malgré la pluie d'infamies qui s'abat sur lui.

J'enlève du lit les couvertures souillées, les utilise comme serpillère pour éponger le lino. De lassitude, l'interne de garde saisit le matelas et le jette à terre.
— Au moins, de là, il ne tombera plus.

Oui, je fatigue.
Le travail à l'hôpital nous met sous pression constante et nous en arrivons à perdre le sens de ce que nous faisons. De notre place dans cette vie. Je regarde Amélie et je vois la même tension chez elle, les mêmes cernes – aussi.

Je me sens asphyxiée, oppressée. J'ai besoin d'espace, de pause, de liberté. Je voudrais consacrer plus de minutes à chacun et à chacune.

Avoir le temps d'accueillir l'Autre avec attention.
Bercer les cœurs, d'un geste, d'un mot.
Rassurer.
Prendre soin, tout simplement.

J'ouvre la porte de la patiente hospitalisée depuis ce soir, vérifie qu'elle se repose. Son air apeuré quand elle est arrivée m'a saisie. J'ai senti son regard posé sur moi, comme un appel à l'aide. Hagarde de se retrouver dans ce service, déracinée. Ses yeux se sont emplis de larmes quand je lui ai demandé si elle avait mal.

Il est des douleurs du corps que l'on apprend à taire. Des douleurs mêlées de honte, de rage, de chagrin. Ce sont les douleurs que j'ai appris à débusquer, à force d'expérience et d'instinct. Des douleurs que je connais bien. Parce que la seule façon de les apaiser, c'est d'admettre qu'elles sont là – enfin.

Je crois que c'est la raison pour laquelle j'ai choisi ce métier.
Quand le corps n'est plus que souffrance, peu importe d'où nous venons, ce que nous avons vécu, subi, fait subir.
Nous redevenons ce que nous sommes et serons : des êtres de chair, mortels, réunis dans notre humanité.

*

J'ai saisi le livre poussiéreux sur ma table de nuit. Le marque-page dépasse de la tranche, au premier tiers. Je lis les quelques mots qui débutent le chapitre. Aucun ne fait sens.
Je tourne les feuilles précédentes, tente de recoller les morceaux dans ma mémoire. Je m'empare d'une phrase, d'un paragraphe, cherche les pistes pour ne pas avoir à recommencer du début. D'indices en indices, je retisse les éléments principaux

de l'histoire, des images se reforment à ma conscience, les personnages retrouvent consistance.
Dans mes mains, page après page, le roman reprend vie.

Je redresse la tête, je n'ai pas vu les heures s'écouler. Mes yeux brûlent de fatigue, secs de la tension oculaire, des lignes fixées sans ciller. Je replace le marque-page, à quelques chapitres de la fin, repose le livre sur ma table de chevet.
À présent, la tranquillité a envahi la chambre d'à côté, Valentin doit dormir profondément. J'aime savoir qu'il est là, à portée de mon regard, de mes bras, de mes baisers.

Parfois je me relève, j'ouvre sa porte à pas de loup. J'écoute le son de ses inspirations, de ses expirations, comme quand il était bébé, quand j'avais si peur qu'il s'arrête de respirer. Il arrive qu'il laisse échapper un ronflement, que je surprenne une parole sortie d'un rêve. Et je referme sa porte sur son sommeil, presque à regret.

Mais pas ce soir.
Je suis incapable de sortir de mon lit. La tension entre mes omoplates me cisaille le dos, je suis saoule de lassitude, d'épuisement. J'éteins la lumière, cale ma nuque avec un coussin, en place un autre sous mon épaule.

Ma chambre est calme, vide.
J'ai oublié ce que c'était que la respiration d'un homme à mes côtés.
Je vis avec le silence. Je vis avec l'absence.
Peu importe. Tant que ce n'est pas la peur.
Cette solitude, je l'ai apprivoisée. Parce que je l'ai choisie.
Alors le vide d'un homme je vis avec.

*

Je me réveille, encore assommée de la nuit. J'essaie de reprendre contact avec mon corps engourdi. J'étire un bras hors de la couette, contracte mes muscles, serre le poing. Je soupire quand je me relâche, détends ma main. Mon dos est toujours douloureux.

Je maintiens éloignée autant que je peux, la souffrance des dernières semaines. Je la perçois, la sens sourdre à la limite de mes pensées. Je tiens.

Je me rends compte que le rythme de l'hôpital aggrave le creux dans mon ventre au lieu de le remplir. Ténue, une petite voix me murmure que je pourrais changer de vie. Que je n'ai rien à craindre. Elle insiste, se fait de plus en plus présente. Comme le bourdonnement d'une abeille que l'on entend au loin, lancinant, un peu agaçant. Et pourtant, on tend l'oreille, on a envie de l'écouter, de s'y intéresser. D'y croire.

La lumière pâle du jour se reflète sur les murs de la chambre. Je lève la tête vers la fenêtre, les nuages blancs ont encore envahi le ciel. Hier il faisait si beau. Dans mon cœur, j'ai hâte que le printemps revienne. La douce chaleur, les sourires que l'on croise, l'allégresse qui reprend ses droits.
Oui, je crois que c'est ce que j'ai envie de retrouver.
La joie, la légèreté, l'envie de sautiller.
J'ai l'impression de m'éveiller d'un profond sommeil, d'une nuit longue et sombre, terrifiante. Et malgré la fatigue qui plombe encore mes membres endoloris, ce que je trouve à mon réveil, c'est de nouveau l'envie.
L'envie – de vivre.

Je laisse échapper un bâillement sonore.
Une tête blonde apparaît à la porte.

— Bonjour M'man !
— Coucou mon bonhomme. Tu viens me faire un câlin ?
— Ouiiiiii !

Valentin se précipite sur mon lit et se jette sur moi. Je serre entre mes bras mon fils engoncé dans l'enfance, prêt à sortir de sa chrysalide. Val se débat pour le principe, se tortille comme un ver pour m'échapper. Le tintement de son rire est doux dans ma poitrine.

Je le vois surveiller mon sourire du coin de l'œil, guetter mes réactions. Je lui tire la langue en réponse, il n'est pas dupe.

— J'ai faim !

Je ris de mon adolescent en pleine croissance.

— Va à la cuisine, j'arrive.

Il saute au bas du lit, disparaît aussi vite qu'il était entré.

Machinalement, je prends mon téléphone, regarde les messages reçus. Amélie et Emma me demandent des nouvelles, prennent la température de mon état émotionnel.

Leur tendresse et leur affection me réchauffent le cœur. Dans un éclair de lucidité, je prends conscience de ma vision partielle de la réalité, que mon sentiment viscéral de solitude n'est qu'une illusion de mon ego apeuré. Je réalise que je suis entourée de personnes qui comptent pour moi – et pour qui je compte.

Je goûte enfin à cette présence dans ma vie et je comprends que c'est à moi de remplir mes vides, que je ne peux pas attendre cela de l'extérieur.

Ni des autres. Ni de mon fils.

24

L'odeur synthétique du parfum d'ambiance m'étourdit quand je pousse le battant de l'office notariale. Je m'écarte du passage, Samuel tâte le sol de sa canne, fait quelques pas dans la salle d'attente. Une banquette gris perle court le long du mur jusqu'à une porte isophonique, une ligne de plantes vertes masque le vis-à-vis de la baie vitrée. La secrétaire nous propose de nous asseoir, lance des regards furtifs dans notre direction, intriguée par l'homme qui me tient compagnie.

Nous n'échangeons que peu de paroles, à propos d'Hilda, de la curiosité de sa démarche, de notre présence ensemble ici aujourd'hui. Être assise aux côtés de Samuel me déstabilise.

Je me laisse envahir par le besoin de lui parler davantage, de savoir qui il est au fond, de sonder l'âme qui se cache derrière ces yeux éteints.

Pourtant ma bouche reste close.

Mon corps se détend de tous ces mots que je ne prononce pas. La proximité de cet homme m'apaise, l'énergie qu'il dégage me nourrit. Je profite de cet instant où je suis là, près de lui.

— Madame, Monsieur. Veuillez me suivre s'il vous plaît, Maître Aury va vous recevoir.

La secrétaire ouvre la marche, je passe mon bras sous celui de Samuel, le guide dans les couloirs jusqu'au bureau du notaire.

— C'est ici.

Elle désigne une porte qu'elle referme derrière nous. J'accompagne Samuel jusqu'aux deux fauteuils installés face à une table en acajou. L'homme qui se tient derrière porte un costume brun, une cravate aux motifs fleuris. Il émane de lui une bienveillance à laquelle je ne m'attendais pas ici.

L'officier public observe Samuel plier sa canne, la poser sur ses genoux. À son regard impressionné, je comprends qu'Hilda a dû lui parler de cet homme qui a su garder son assurance malgré son infirmité.

Le notaire toussote.

— Madame, Monsieur. Comme vous le savez, vous êtes ici car Madame Hilda Schmidt vous a désignés comme légataires testamentaires.

Voici comment va se dérouler ce rendez-vous.

Je vais d'abord vérifier votre identité puis vous lirai la lettre qu'elle m'a confiée pour vous. Enfin, je procèderai à la lecture officielle de son testament.

Si vous avez des questions au fur et à mesure, n'hésitez pas à m'interrompre.

L'homme en costume sort une liasse de feuilles d'une chemise rouge cartonnée. J'aperçois une écriture manuscrite toute en rondeur, comprends qu'il s'agit du graphisme de la plume d'Hilda. Une vague de tristesse vient me percuter de plein fouet.

J'entends à peine le notaire décliner mon état civil.

J'essaie de me réapproprier ce qui reste de valide.

L'agitation de Samuel me ramène à la réalité.
Je remue la tête pour confirmer.

— Comme je vous le disais, Madame Hilda Schmidt m'a prié de vous lire cette lettre. Il est entendu que je la confierai à Madame. Voici :

Ma chère Véro, Mon cher Samuel,
Je remercie le ciel de vous avoir mis sur ma route. Vous avez, chacun à votre tour, rempli ma vie de votre présence.
Samuel, tu es le fils que je n'ai pas eu, que j'ai aimé comme tel.
Véro, tu es la femme qui a éclairé mes derniers instants, qui m'a rappelée celle que j'aurais pu être, celle que j'ai été aussi.
Je n'ai que vous et c'est à vous que je souhaite léguer mes quelques biens. Débarrassez-vous de ce qui vous encombre, profitez du reste. Je vous confie aussi l'adoption de mes chats, elle devrait être facilitée par le voisinage.
Prenez soin de vous, de la vie qui s'offre, du présent.
Je vous aime.
Hilda

Le notaire me tend la lettre qu'il a repliée. Je le regarde fixement, hébétée.
— C'est pour vous Madame.
Je me décolle du fauteuil, saisis le papier, me rassois.
— Merci.
Ma voix n'est qu'un souffle inaudible.

Je tiens serrés contre moi les mots d'Hilda, à peine consciente du texte officiel que l'homme, assis devant nous, lit de façon appliquée.
Il conclut.

— Je ne saurais trop vous conseiller de vendre la maison. Cela vous permettrait de couvrir les frais de succession, tout en vous garantissant un certain capital. Mais comme le bien est en indivision, vous devez donner tous les deux votre accord.
La réaction de Samuel est rapide, efficace.
— Pourriez-vous gérer la vente dans ce cas ?
— Oui tout à fait. Et cela simplifierait les démarches.
— Qu'en pensez-vous ?

La question me sort de ma torpeur. Samuel a tourné son visage vers moi, il exprime son interrogation. Je caresse la lettre entre mes doigts, incline la tête.
— Je suis d'accord. La vente me convient.
L'officier public sourit, chaleureux.
— Très bien. Si vous voulez bien patienter, je vais préparer les documents.

Il se tourne vers l'homme assis à ma droite, contourne son bureau, s'approche de lui.
— Pour vous, elle m'a également confié ceci.

Le notaire dépose dans la main de Samuel un objet, qui disparaît, quand se referme son poing.

*

Le silence pèse dans l'habitacle, je tente de me concentrer sur la route. Du coin de l'œil, j'aperçois les doigts de Samuel qui s'agitent sur ses genoux. Je l'entends hésiter, soupirer. L'artère à mon cou frémit, les battements de mon cœur tambourinent dans ma poitrine.

Mes phalanges s'agrippent au volant quand sa voix prononce mon prénom :
— Véro ?
Je murmure.
— Oui ?
— J'aimerais savoir… Pourquoi. Pourquoi avez-vous créé Vaira ?

Sa franchise me gifle. Je réprime un haut-le-cœur, lèvres scellées.
— Je me doutais que vous n'alliez pas répondre. Excusez-moi.

Sa silhouette se voute, son corps se tasse sur le siège passager. La mélancolie envahit ses traits en quelques secondes, ma gorge se serre.

Je ne retiens pas le geste qui s'impose à moi à cet instant. Ma main quitte le levier de vitesse, se pose sur son avant-bras. En réponse, la sienne vient la recouvrir délicatement.

Samuel se redresse.
— Je sens que vous avez peur. Peur d'elle. Peur de cette part de vous. Mais votre dualité est seulement une fabrication, Vaira n'est qu'une facette. Une facette à apprivoiser – et non à dompter.

La véracité de ses paroles m'ébranle, je compresse ses muscles entre mes doigts pour l'inciter à continuer.
— Véro… nous pouvons tous un jour réapprendre à marcher. J'ai appris à marcher sans. Vous allez apprendre à marcher avec. Avec Vaira, dans chacun de vos pas.

Je laisse ses mots infuser, se frayer un chemin jusqu'à ma conscience.
— Merci Samuel.

J'ai garé la voiture devant la maison d'Hilda. J'observe l'homme assis à mes côtés, ses mains posées sur ses genoux. Ces mains, fines et puissantes. Qui semblent avoir leur vie propre. Mes yeux s'attardent sur ses lèvres un peu charnues, ses cheveux bruns. Une barbe légère ombre ses joues, arrondit les traits de son visage amaigri.

De légers frissons parcourent mon dos, mes épaules. Comme s'il sentait mon regard, il sourit.

— J'aimerais vous revoir Véro.

Je fixe la bâtisse, ses vieux murs roses. Cette fois, je n'hésite pas :

— Je dois vider l'étage de mes affaires. Et pour la vente, il faudra ranger la maison.

J'ose :

— Je pensais le faire avec toi.

Il hausse un sourcil à mon tutoiement, le coin de sa bouche frémit.

— J'en serais ravi. J'attends ton appel. Je serai là.

Il appuie sa paume sur mon bras, sort de l'habitacle, déplie sa canne.

— À bientôt alors.
— À bientôt Samuel.

Je le regarde s'éloigner, marcher de son pas assuré, le bâton blanc devant lui.

Je sens encore l'empreinte chaude de sa main sur ma peau.

*

Vaira se tient devant moi.

Ses cheveux roux sont serrés dans une queue de cheval. Elle est vêtue du même jean que moi, porte un tee-shirt blanc et des baskets. Elle me regarde fixement. Se met à parler.
— Il faut que tu m'écoutes.

Je tressaille d'entendre sa voix, à la fois si proche de la mienne et en même temps, si distante.
— Je sais que tu as peur. Peur de moi, peur de nous, peur de toi. Ce que tu ne comprends pas c'est que je ne suis pas ton ennemie.

Le rêve semble si réel. Je ne sais pas si je suis prête à entendre la suite.
— Toutes ces dernières semaines, ces derniers mois, je t'ai protégée. J'ai protégé ta fêlure, j'ai protégé ton désir, j'ai protégé tes envies.
Alors ne me repousse pas… apprends à m'ouvrir tes bras.

Elle répond à ma question restée muette.
— J'ai besoin de vivre à travers toi. Et toi, tu as besoin de vivre à travers moi tout autant.
Alors fais face. Sois Nous. Sois Toi.
Lâche cette carcasse de principes qui t'encombrent.
Libère toi ! Sois légère !
Accepte le geste gracieux, à la limite du provocant.
Joue sur l'arête de la bienséance.
Bouscule, cours, crie.
Respire, respire pour deux, respire pour nous toutes.
C'est ensemble que nous sommes fortes.
C'est ensemble que nous allons de l'avant.
C'est ensemble que nous vivons.

25

Quand je pousse les volets ce matin, je découvre que le monde s'est paré de blanc. Les toits gris et rouges, couverts de givre, brillent sous la lumière pâle.

Des arabesques de glace parcourent les murs de l'immeuble en face, dessinent des spirales qui s'entremêlent, entre les carreaux couverts de condensation.

Tout semble silence en suspension.

J'entrouvre la fenêtre, penche mon visage à l'extérieur. L'air froid et sec chatouille mes narines, picote le bout de mon nez. Je gonfle mon ventre, emplis mes poumons, savoure les quelques secondes de flottement. La bouche arrondie, j'expire, vide peu à peu ma cage thoracique. Mon souffle chaud forme une fumée dense, crayeuse, qui s'évapore progressivement.

Sur le trottoir scintillant, l'allure des passants est lente et hésitante.

Valentin se réjouit derrière moi :
— Il a neigé !
— Et non mon bonhomme...
Je ferme le battant, regarde le ciel chargé de nuages gris-bleu.
— Mais ça ne devrait pas tarder.
Je l'entends courir derrière moi, fouiller dans un placard.
— Je prends mes gants alors !

Val vient me sauter au cou.
— Bonne semaine Maman.
Je le respire, l'embrasse au coin de l'œil.
— Bonne semaine mon cœur. Profite bien de Papa.
— Merci ! On s'appelle !
Sa joie de retrouver son père est communicative. Je lui souris, le cœur plein.
— Oui, on s'appelle.

La porte claque derrière son départ. Je soupire. Me ressaisis.
À mon tour, je cherche dans la boîte que mon fils a laissée sur la table basse, une paire de gants en laine, le bonnet assorti. Je parcours l'appartement du regard, déplore le chaos ambiant, hausse les épaules, résignée.
Un temps pour chaque chose. Chaque chose en son temps.

Je franchis le seuil de l'appartement, tire la poignée derrière moi. Devant les escaliers, je pose la main sur la rambarde, pour assurer mon pas, garder mon équilibre encore fragile. Je m'élance. Le trousseau de clés dans ma veste cogne ma cuisse, tinte, à chacune de mes enjambées. J'écoute le son de mes talons sur le bois des marches, le carillon métallique qui m'accompagne jusqu'au rez-de-chaussée. Je jette un œil dans le hall de l'immeuble, Madame Pons est toujours dans sa loge, je suis descendue sans me faire repérer.

Dehors, une bise fraîche caresse mes joues. Le bonnet sur mes oreilles étouffe les bruits extérieurs, je ne perçois pas la température pourtant hivernale. Je lève la tête, contemple les cieux laiteux, décide de rejoindre l'hôpital à pied. Je déambule dans les rues glissantes, échappe à la chute à deux reprises.

Au détour d'un boulevard, les flocons se décident à tomber. En quelques minutes, ils envahissent l'espace, tourbillonnent par rafales, dansent, dans l'atmosphère cotonneuse.

Je croise le sourire des uns, le visage fermé des autres. Un petit garçon fronce son nez, tire la langue. Une étoile de cristal s'y dépose, délicate.

Je suis toute à la joie de redécouvrir cette sensation enfantine, l'émerveillement de la neige, la capacité du ciel à nous livrer ses surprises. Je goûte de nouveau à la légèreté, la douceur, la quiétude. La magie s'est étendue au bâtiment du CHU, il s'en dégage une aura de sécurité, de paix.

En arrivant devant les portes coulissantes, je redécouvre cet espace dans lequel je participe à apaiser les vies qui y palpitent – ou s'y éteignent.

— Bonjour Barbara !

Je salue la standardiste à l'accueil. Plongée sur son téléphone portable, elle ne relève pas la tête pour me répondre. Je rajoute plus distinctement :

— Bonne journée Barbara !

Elle tressaute, me répond par un petit geste de la main, l'air penaud.

Je rejoins le vestiaire, me prépare à cette journée qui va être longue. Je suis de garde ce soir, je récupère les heures dues à l'hôpital. Ces heures qui seraient susceptibles de m'appartenir.

Une voix intérieure me chuchote que je pourrais reprendre le pouvoir sur ma vie. Ne dépendre que de moi. Mon imagination se met au diapason. Pleine d'allégresse, je plonge dans un futur d'épanouissement et de liberté.

○3

C'est ce visage éclairé d'une lumière nouvelle que découvre Emma en entrant dans la salle des soignants. Elle referme la porte en douceur. Elle a été si rarement témoin de cette félicité ces derniers mois qu'elle ose à peine troubler cet état méditatif dans lequel est plongé son amie.
Elle murmure pour ne pas la faire sursauter :
— Tu es prête pour notre tournée ?

L'infirmière pose ses yeux sur elle, lui décroche ce sourire dont elle a le secret. Le cœur d'Emma fait un bond, ses pommettes rosissent. Elle sait que son amie voudrait se défaire de l'effet qu'elle peut produire sur les autres, qu'elle se protège de la séduction par son accoutrement d'adolescente. Sauf qu'elle ne peut pas cacher combien son visage est éblouissant : sa peau laiteuse, ses yeux verts qui vous scrutent, le dessin parfait de sa bouche cerise.
« Qu'est-ce qu'elle est belle ! »
Lucille a raison d'être un peu jalouse, elle n'est pas dupe.

— Prête !
Emma se détache à regret de sa contemplation. Elle rejoint Véro, passe son bras sous le sien, l'entraîne vers la sortie.
— Alors c'est parti ! Allons pousser quelques fauteuils et faire des croche-pattes aux déambulateurs !

Dans un éclat de rire, elles s'engagent dans le couloir, épaule contre épaule, pour faire face ensemble à leur journée.

❦

Je trouve Bastien au chevet de son grand-père. Le vieil homme dort. Ses yeux tressautent derrière ses paupières closes, sa bouche est ouverte, la peau de ses joues affaissée sur son menton. Sa crinière blanche s'étale autour de sa tête, ses sourcils trop longs accentuent son air égaré. Il respire péniblement, un sifflement inquiétant sort de ses lèvres craquelées.

Bastien lui tient la main, comme pour le retenir encore près de lui. Il défroisse tendrement la peau parcheminée, caresse après caresse, garde les yeux rivés sur le visage endormi et apaisé.

Emma s'approche de lui, saisit ses épaules.
— Tu devrais rentrer Bastien, il est tard. Les visites sont terminées.

Le garçon secoue la tête, refuse de bouger. Il se soustrait à l'étreinte de l'aide-soignante, pose son front sur le drap bleu.
— Je ne peux pas...
— Bastien...

Il se retourne. Des larmes dévalent dans son cou, d'autres gouttent depuis son nez sur son tee-shirt.
— Il va mourir. Je ne veux pas qu'il soit tout seul.
— Bastien... je suis désolée.

Emma me regarde tristement, cherche une aide muette.

Je consulte les consignes que le médecin a laissées pour la nuit. Les sédatifs prescrits, la morphine, l'émulsion lipidique. Je relis la note que l'équipe a ajoutée.
— Bastien... Je sais que tu voudrais rester mais... je ne crois pas qu'il partira ce soir.

Une once d'espoir.
— Tu es sûre ?

— Je ne peux pas te le promettre Bastien, mais sincèrement...
Je vérifie les constantes, les résultats d'analyse dans son dossier.
— Il devrait rester avec nous encore quelques jours, peut-être même quelques semaines. Son corps s'éteint doucement, il ne souffre pas, nous allons l'accompagner. Et tu pourras revenir demain, il sera content de te voir.

Le garçon renifle, frotte son nez avec sa manche. Ses lèvres frôlent la main, si fripée au creux des siennes si jeunes. Il la repose délicatement sur le lit, la caresse une dernière fois. Il se lève, se penche pour embrasser le front ridé.
— À demain mon papi.

Emma raccompagne Bastien à la porte, le serre dans ses bras.
— On va prendre soin de lui. Allez file...

J'entends tout juste un pas de course s'éloigner. J'observe Monsieur Drance allongé là, la fragilité de cette main immobile sur ce drap.

— Emma...

Les yeux noisette fixent les miens.

— Je crois que j'arrive au bout.

26

Les bulles remontent dans le liquide doré, explosent à la surface, éclaboussent nos doigts de microparticules humides. Nous levons nos verres vers le ciel, bientôt illuminé des feux d'artifice qui commencent à être tirés. Les bruits d'explosion ne détournent pas notre attention, nos regards sont rivés sur la pendule du salon.
Les dernières secondes s'égrènent.
— Cinq, quatre, trois, deux, un…
BONNE ANNEE !

Je prends mon fils dans mes bras, le soulève tant que j'y arrive encore. Je plante un baiser sur chacune de ses joues, souris de sa grimace parce que mes lèvres sont trop humides.
— Bonne année mon bonhomme. Je t'aime !
— Moi aussi je t'aime maman. Bonne année !

Une main s'enroule autour de Valentin, l'entraîne loin de moi. Étourdis, nous passons d'une étreinte à l'autre. Emma et Lucille me saisissent par la taille, m'emprisonnent entre elles, m'embrassent en même temps. Quand elles me libèrent, c'est Amélie qui m'accueille dans la rondeur de ses bras. Elle me berce quelques secondes, pose un baiser sur mon front.

— Bonne année mon ange. Tu verras, tout ira bien.

Son regard est profond, confiant, aimant. Dans mon cœur, un sentiment de gratitude immense gonfle comme un ballon.

— Merci ma belle.

Le champagne me tourne la tête, je n'ai plus autant bu depuis quelques temps. J'avais décidé de garder ma lucidité, de rester maîtresse de moi-même pour mener la double vie que j'avais choisie. Mais ici je ne risque rien. Valentin est le seul petit homme dans ce monde de femmes qui s'entraident et s'adorent. Un cocon de douceur que nous nous offrons, un havre de paix et de sécurité.

Je me penche, tangue, en reposant ma coupe sur la table basse.

Pour reconnecter avec la vie.

Je picore une fraise Tagada, le goût de la guimauve se mélange avec la saveur de l'alcool, le sucre me remet un brin d'aplomb. Je m'assois contre Valentin qui a repris son jeu vidéo, les filles nous rejoignent. Nous nous serrons à trois sur mon canapé exigu, Emma et Lucille s'installent sur le tapis.

— Alors les filles ! Quelles sont vos bonnes résolutions ?
— Trouver ma voie !
— Ah oui rien que ça.
Lucille lance un regard noir à Emma.
— Non mais je suis sérieuse. J'ai envie de donner du sens à ma vie. C'est bien ce que tu fais toi ?
Emma lui caresse la joue tendrement.
— Je te taquine. Je sais que c'est important pour toi. Moi, arrêter de taquiner ma douce !
— C'est perdu d'avance !
— Fais la maligne Véro ! Et toi ?

Je baisse le nez, jette un œil sur l'écran devant mon fils. Me racle la gorge.
— Justement... je voulais vous en parler.
Valentin s'arrête net, met son jeu en pause, braque son regard dans le mien.
— Ça y est, tu es décidée ?
— Oui.
— Youpiiiii.
Mes amies sont perplexes.
— On a le droit de comprendre ?
Je déglutis.

— Je vais quitter l'hôpital.

Je réalise ce que je viens de dire. Des sanglots se forment dans ma gorge, j'ai tellement peur de les décevoir.
— Je suis désolée les filles. J'ai conscience que vous m'avez tenu la main pour m'empêcher de sombrer, sans vous j'aurais perdu pied. Je ne veux pas vous abandonner.
— Mais que tu es bête ! On le sait que tu ne nous abandonnes pas !
Amélie essuie une larme échappée sur ma joue.
— On t'aime, on veut que tu sois heureuse. On le voit bien que tu n'en peux plus.
— Tu sais ce que tu vas faire ?
Je hoche la tête penaude.
— Ben dis-nous !
— C'est grâce à Hilda Schmidt, elle nous lègue sa maison, à un voisin et à moi.
— Mais tu ne nous as rien dit ! C'est extraordinaire !
— Je suis désolée. Je n'étais pas sûre. Mais là je suis prête. Je veux exercer mon métier en libéral, être gardienne de mon temps, de ma façon de faire et d'être.

Emma me tire la langue.
— C'est sûr, maintenant, je suis jalouse !

Le fou-rire qui nous secoue libère toute la tension qui s'était accumulée dans mon corps. Je ris au milieu des larmes, de soulagement, de bonheur. Valentin me souffle qu'il est fier de moi. L'étau dans ma poitrine a disparu. Tout se relâche, tout s'expand.

Dans ma tête, les bulles de champagne ont allumé des feux d'artifice.

*

Une unique sonnerie. Cette fois, c'est lui qui décroche.
— Oui ?
— Bonjour Samuel, c'est Véro.
— Bonjour Véro. Bonne année !
— Bonne année à toi aussi.
J'entends son sourire dans sa voix, au tutoiement que j'ai gardé, et qu'il reprend.
— Comment vas-tu ?
— Mieux. Les choses bougent. La perspective de la vente y contribue.
— Je suis content pour toi.
Le ton sincère de sa réponse me touche.
— Merci. Et toi, comment vas-tu ?
— Plutôt bien aussi. Je réfléchis aux possibilités qui s'ouvrent pour moi, auxquelles je ne me serais jamais autorisé à penser depuis l'accident.
— Tu penses à vivre seul ?
— J'aimerais.
— Je te le souhaite.

Un soupir s'échappe de mes lèvres. Je butte contre mon envie de déguerpir encore, hésite, me lance :
— Samuel, serais-tu disponible dans les prochains jours pour aller chez Hilda ? Nous pourrions commencer à trier et puis je voudrais m'occuper des affaires... celles de Vaira.
— Pas de problème. J'ai un jeu de clés. Tu pourras en récupérer un sur place pour la prochaine fois.
Sa spontanéité me rassure.
— Je te remercie, c'est une bonne idée.
— Quand es-tu disponible ?
Je jette un œil au calendrier aimanté sur le réfrigérateur.
— Vendredi ?
— Vendredi c'est parfait. J'ai rendez-vous à quatorze heures avec un voisin pour discuter des chats.
De nouveau, je tergiverse.
— À ce propos...
— Oui ?
— Penses-tu que je pourrais en garder un ?
— Bien sûr ! Mais tu devras te débrouiller toute seule pour l'attraper.
Je ris.
— Je prendrai le moins sauvage ! Est-ce que je peux te rejoindre vers quatorze heures trente ?
— J'en serai heureux.
Sans trop savoir pourquoi, je rougis.
— Alors... à vendredi ! Quatorze heures trente.
— J'y serai. À vendredi Véro.

☙

Samuel raccroche. Il attendait cet appel. L'espérait sans plus y croire. Grâce à Véro, il a retrouvé ce courage qui lui a manqué jusqu'à maintenant. Pour aller au-delà des premières secondes de l'enregistrement.
À présent, il est prêt à entendre sa voix. À entendre la voix d'Hilda.

Il sort de sa poche la clé USB que lui a confiée le notaire. De la pulpe de l'index, il cherche sur la façade de la chaine-hifi l'emplacement où la brancher. Il tente de la glisser, en vain, la retourne. Elle s'enclenche.
Il sélectionne le mode d'écoute. Baisse le bouton du haut-parleur, il veut être le seul à l'entendre.

Samuel,

(Elle tousse.)

Si tu écoutes cet enregistrement, c'est que je suis morte.
J'espère juste que je n'aurai pas trop souffert, c'est la seule chose qui me fait peur à présent. Je suis prête tu sais. Je vois bien que je patine. J'espère que la descente ne durera pas.
Je ne veux pas que tu sois triste. Moi je ne le suis pas.

(Il perçoit son souffle, un soupir qui lui échappe.)

J'ai eu beaucoup de chance de vivre dans ce quartier, de t'avoir ramassé sur ce trottoir la première fois que tu es tombé de ton vélo devant ma fenêtre. Je t'ai fait entrer chez moi, j'ai désinfecté ton genou et je t'ai donné un morceau de cake. Ensuite, tu es revenu.

(Dans le silence qui s'éternise, il l'imagine qui regarde par cette fenêtre.)

J'ai veillé sur toi de loin, mais pas assez. J'aurais dû crever les pneus de ce bolide que tu garais devant chez moi ! Je l'avais en horreur !
J'ai fait de mon mieux pour être une voisine aimante mais pas collante. Et qu'est-ce que je t'ai aimé ! Je crois que ta mère ne me l'a jamais pardonné. Je ne lui en veux pas, j'aurais fait pareil à sa place. Trop jalouse !
Quand je repense à l'accident, je frissonne. J'ai vraiment cru que je t'avais perdu. Je sais bien que tu n'es pas mon fils.
Mais dans mon cœur, tu l'as été – et pas qu'un peu.

(Sa gorge se serre aux larmes dans sa voix.)

Samuel, j'ai une mission à te confier.
Je voudrais que tu prennes soin de ma petite Véro. J'ai la certitude que tu as compris qui elle est. Elle se croit forte, cachée derrière son masque de Vaira, mais elle a besoin de retrouver son vrai visage. Et je suis sûre que tu peux l'y aider. Que tu peux voir au-delà de cette femme bien plus complexe qu'elle n'y paraît. Elle se cherche encore et toi, je suis convaincue que tu pourras la guider. La guider vers qui elle est.
J'ai confiance en toi mon Samuel.

(Elle déglutit, renifle doucement.)

Prends soin de toi mon garçon.
Je t'aime. Je t'ai toujours aimé.

(Il entend sa dernière respiration.)

Le claquement à la fin de l'enregistrement le fait sursauter.

27

Samuel se guide avec ses mains, il connaît la maison.
— J'espère toujours me souvenir. D'elle. De toi.
J'esquisse un sourire qui ne lui échappe pas.

— Que vas-tu faire quand la maison sera vendue ?
— J'aimerais changer de vie.
— Ce n'est pas ce que tu faisais déjà ?
Dans sa voix, aucun reproche. Juste de la curiosité.
Je tressaille. J'ai peur de prendre ce chemin avec lui. Peur de ce qu'il pourra penser.
— Tu as peur ?
— J'ai l'impression que tu m'entends penser !
Il sourit.
— Il y a de ça.

Les traits de son visage sont détendus, inspirent confiance. Je comprends ce que peuvent ressentir ses patients, face à cet homme capable d'avancer droit dans le noir.

— Je n'ai jamais raconté son histoire.
— L'histoire de Vaira ?
Je murmure dans un souffle.
— Oui.

Je ferme les yeux, les souvenirs remontent, déclenchent aussitôt un profond dégoût.
— Je vivais avec un homme. En qui pourtant j'avais eu confiance. Un jour. Un jour de trop.
Ma voix se brise.
Samuel vient jusqu'à moi, cherche ma main. La prends.
— Je peux l'entendre.
Dans sa voix, du courage, de la détermination.

Je sais qu'il a la force de l'entendre. D'entendre mon histoire. D'entendre notre histoire. Je garde sa main, l'emmène dans le salon encore imprégné des odeurs fauves et sucrées. Il s'arrête devant le canapé, s'installe.

Samuel est assis devant moi. Il a rangé ses jambes en tailleur, ses pieds sous ses fesses. Sa respiration est ample. Il a posé ses mains sur ses genoux, paumes ouvertes vers le ciel. Je vois qu'il est prêt à m'écouter et c'est ce qu'il me dit :
— Je suis prêt.

Je prends à mon tour une grande inspiration. Je suis rassurée qu'il ne puisse pas me voir. Voir les tensions sur mon visage, les doigts crispés que je compresse, les phalanges que je tords d'angoisse parce que je vais – enfin – parler.

Ma voix résonne dans la pièce.

Nous sommes dans le lit.
Il s'approche.
Je sens ses mains sur moi.
Je m'éloigne.

Mais il insiste.

Je ne comprends pas pourquoi.
Pourquoi ses gestes se font plus pressants.
Pourquoi il tient mes poignets.
Pourquoi il cherche ma bouche alors que je le repousse.
Pourquoi il veut me basculer.

Je ne peux plus lui échapper.

La terreur me fige.
Mon corps mutique ne se défend plus.
Je m'extraits de cette chair qui n'est plus la mienne.
Je le regarde monter sur ce corps sans âme.
Je sens à peine la douleur quand il me pénètre de force.
Je ne perçois que son poids.
Que son poids qui m'empêche de regagner cette enveloppe vide.

Je le vois s'agiter sur ce corps qui se met à réagir.
Seul. Autonome.
Sans que ma conscience ne l'habite.
Ce qui me reste de contact avec l'enveloppe se déchire.
Mon âme s'échappe – dissociée.

Elle fixe hagarde ce monstre qui écrase cette chair morte.
Qui s'agite encore.
Qui pousse un râle de satisfaction.
Et se détourne.

Mon corps est libre de ce poids qui l'a broyé.
Mais mon âme hésite encore à le regagner.
Une part de moi ne m'appartient plus.
Cette part qu'il a brisée.

J'essaie de me réapproprier ce qui reste de valide.
Le reste il faudra que j'apprenne à le réparer.
Je comprends qu'en moi nous sommes deux à ce moment-là.
Et que ce double doit prendre corps.

Pour reconnecter avec la vie.

Samuel n'a pas bougé.
— Le drame, c'est que je ne suis qu'une parmi d'autres, comme moi laminées par le devoir conjugal. Le sexe comme prix à payer. Pour une soirée calme, sans vociférations. Malgré la nausée quand leurs mains s'estiment propriétaires de notre peau. Acheter la paix. Ne plus nous appartenir. N'être plus rien qu'un objet. Un corps à monter pour se décharger.

Il perçoit chaque inflexion de ma voix, la sueur âcre que je dégage.
— Alors à acheter la paix, autant se vendre ! Reprendre son pouvoir et cette fois, utiliser le corps comme une arme. Une arme de haine et de mépris.

Il lève sa main, tend lentement le bras, ses doigts frôlent mon coude replié.
— Vaira m'a sauvée de la folie. Elle est la guerrière que je ne suis pas.
Il presse légèrement mon biceps.
— Que je n'étais pas
Il reste muet, attend.
— Mais je suis fatiguée de cette violence. Je veux retrouver la paix.

Je regarde les yeux vides qui me fixent, m'encouragent à aller au bout.
— J'ai eu besoin de Vaira pour survivre.
Je l'ai vue comme un être à part, je l'ai traitée comme un être à part. Aujourd'hui, il est temps pour moi de la réintégrer.
De nous retrouver.
Entremêlées.

28

J'ai glissé sous mon bras une boîte à chapeaux circulaire que j'ai trouvée chez Hilda. De mon autre main, je transporte dans sa cage, un chat gris au pelage tigré. Un couple de voisins a recueilli les autres. Je contourne la maison, suis le morceau de terrasse jusqu'au palier.

Je grimpe cet escalier que j'ai si souvent gravi dans la peau de Vaira, je franchis cette porte qui s'est maintes fois fermée sur mes nuits scénarisées. La lumière chaude de l'ampoule m'accueille comme au premier jour. Je retrouve la table ronde en bois clair, les chaises abandonnées un peu partout après mon dernier départ précipité.

La valise est toujours ouverte dans le salon. Je m'assois au sol, pose la boîte devant moi, retire le couvercle. Je me sers du premier vêtement que je trouve pour enlever la poussière à l'intérieur. Le cuir est lisse, sans écorchure, ni usure.

Mon regard balaye les lieux, des images reviennent. Cette fois, je ne lutte plus, je les accepte comme miennes. La suite devient une évidence.

Je saisis le téléphone dans ma poche, sélectionne les contacts de la seconde carte SIM, compose un numéro.

Je me racle la gorge, ramasse sur le parquet une épingle à cheveux dorée. Je joue avec, la passe entre mes doigts, je patiente. L'homme décroche au bout de la quatrième sonnerie.

— Bonjour Dominique.
— Ma chère Vaira. Je me languissais de votre voix.
— Je n'ai pas pu vous rappeler avant. Je tenais à vous informer…

Je me reprends, n'hésite plus.

— Je cesse mon activité.
— Je m'en doutais.

Une pointe de déception dans sa voix quand il ajoute :

— Il fallait bien que cela s'arrête un jour.
— Tout à fait, vous connaissiez les règles du jeu.

Je l'entends soupirer.

— Ma chère, je crois que d'une certaine façon, vous me manquerez. Prenez soin de vous.
— Merci Dominique. Merci pour votre prévenance tout au long de cette rencontre.

Je raccroche.
Dominique fut le premier.
Il est le dernier à qui Vaira aura parlé.

J'éteins mon téléphone. À l'aide de la pointe de l'épingle à cheveux, je débloque le compartiment placé sur le côté. Je retire la carte de l'emplacement gravé SIM2, la jette dans la boîte à chapeaux en face de moi.

Mes yeux s'attardent sur la perruque, échouée sur le plancher.
Je me lève, la ramasse.
Une vague brûlante monte à mes joues.
Je la soulève au-dessus de mes cheveux.
Retiens mon geste.
Je la serre contre mon ventre, mes doigts glissés entre les mèches rousses.
La boîte ronde est ouverte sur le sol.
Je m'en approche, la dépose délicatement à l'intérieur.
À deux mains, je saisis le couvercle.
À deux mains, je le remets en place.

*

Un miaulement me fait sursauter. Les bras chargés, je localise le chat par-dessus mon épaule, afin de l'éviter. Je n'ai pas encore assimilé sa présence dans mon appartement. L'animal me regarde, vient se frotter contre ma jambe, se met à ronronner. Je peste vaguement de sa tentative de m'apprivoiser, me souviens que je lui dois un nom maintenant que je l'ai adopté.

Je zigzague entre la cage encore ouverte, les valises à moitié vidées, le sachet de croquettes au milieu de l'entrée. Quand Valentin reviendra à la fin de la semaine, il faudra que j'aie tout rangé. Le félin me suit dans le couloir, jusqu'à ma chambre. Je pose mes paquets sur le lit, commence à trier. J'identifie ce que je veux garder parmi la lingerie, les robes, les accessoires.
Je ne touche pas à la boîte à chapeaux.

Une pile de linge propre m'attend dans la panière. Je transporte la planche à repasser dans le salon, percute la table basse, fais tomber les crayons qui y sont éparpillés.

J'ai colorié en bleu, sur le calendrier fixé au réfrigérateur, les semaines de travail que je dois encore à l'hôpital. Depuis, je coche d'une croix, chaque soir, la journée qui vient de s'écouler. J'ai besoin de visualiser le temps qui passe, le temps qui reste. Pour clôturer ce premier cycle de ma vie.

Le fer est chaud à présent. La vapeur d'eau s'échappe par bouffées dans un soupir mécanique. Je dépose la tunique sur la table, la repasse de la main. La semelle brûlante glisse sur le tissu, efface les plis sur son passage.
L'humidité chaude fait ressortir l'odeur entêtante de la lessive. Dans cette moiteur ambiante, je me détends.

Le printemps n'est pas tout à fait là, mais l'atmosphère s'est transformée.
Le soleil se fait plus insistant, le chant des oiseaux plus carillonnant. Un vent léger et nouveau bruisse sur le monde, les couleurs ont gagné en intensité.
Ce souffle tiède attise les cellules de mon épiderme, le duvet de ma peau se dresse sous les infimes mouvements de l'air.

Quelque chose en moi est en train de muer.
L'envie palpite dans mes artères, je la sens battre à mes poignets. Un picotement léger apparaît au bout de mes doigts, un frisson sur ma nuque. Une coulée chaude descend depuis ma poitrine jusqu'à mon ventre.
Dans ma bouche, ma langue sécrète un excès de salive.

J'ai faim de vivre.

Je repose le fer à la verticale sur la planche à repasser.
Je passe mes doigts sur ma joue, descends dans mon cou, suis l'arrondi de mes clavicules, jusqu'à l'encolure de mon chemisier.

De mon pouce et mon index, je libère les boutons des œillets du tissu. Ma paume effleure mon thorax, le soutien-gorge en dentelle bleu. Ma main recouvre mon sein, le compresse à peine, continue sa course vers mes côtes, mon bassin, ma ceinture.

Mes doigts tirent sur la lanière, la boucle se détache.

Je défais le haut de mon pantalon, la fermeture éclair descend d'elle-même quand mon poing se trace un chemin contre ma peau.

Je franchis l'élastique de ma culotte, la toison de mon pubis, plonge plus avant.

Sous mes doigts, enfin, je me rencontre à nouveau.

*

Aujourd'hui, je célèbre l'arrivée du printemps.

J'ai pris la voiture. J'ai roulé à l'extérieur de la ville. Sans but si ce n'est retrouver la nature plus sauvage, le plaisir de respirer un air venu de la terre, des arbres et des fleurs qui défilent sous mes yeux.

Je goûte à cette journée de repos, à celles qui viendront plus tard. Je réapprends l'importance de la simplicité, des détails auxquels je ne prenais plus garde : la chance de voir, d'entendre, de sentir. Je goûte la richesse de l'infime, la puissance de l'immense, le pouvoir du présent.

Là, à notre portée, tout est si vivant.

Je me gare sur un talus à l'ombre d'un chêne, continue à pied sur le chemin rural. Samuel m'a laissé un message. Je mets le haut-parleur, l'écoute, les yeux levés vers l'horizon vallonné.

— Véro, c'est Samuel. Je ne suis pas revenu chez Hilda sans toi. Je ne souhaite pas y aller avec quelqu'un d'autre – et seul je n'y arrive pas.
La maison t'attend. Je t'attends.
Viens quand le moment sera juste pour toi.
Ne te précipite pas.

Je marche d'un pas leste, mes baskets se couvrent de poussière. Une brise légère fait voler mes cheveux, fait danser les brins d'herbe sur le bord de la route.
La lumière est magnifique. Elle éclaire les champs de façon rasante. Des nuages dans les tons de gris parsèment le ciel, voilant en partie le soleil. Ses rayons en demi-cercle s'échappent des trouées, un oiseau les traverse au loin, minuscule.

Le monde m'offre son message d'amour que je reçois avec gratitude.
La chance d'exister.
Les drames, desquels on survit.
Être en capacité de s'émerveiller – jusqu'au ravissement.

Je remercie le ciel, le soleil, la nature.
Je remercie la Vie.

Je récupère mon téléphone, glissé dans la poche arrière de mon jean. En quelques mots, je préviens Samuel de ma venue pour vider la maison.
J'ai décidé de passer une dernière journée, une dernière nuit, dans cet appartement.
Comme un hommage.
Qu'elle sache que je vais vivre, que nous allons vivre.
Autrement.

29

Le son intermittent du clignotant rebondit dans l'habitacle. Je tourne dans l'allée du lotissement, roule au ralenti, prends le temps d'arriver. J'aperçois les murs roses de la maison d'Hilda. Je me gare devant le muret, le cœur battant, éteins le moteur.

Il m'attend sur le perron. Black batifole dans le jardin envahi par les herbes hautes. L'animal se met à japper joyeusement quand il me voit apparaître.

Je rabats la portière, m'avance vers l'homme. Samuel tourne la tête au son de mes pas sur le chemin goudronné.
— Bonjour Véro.
— Bonjour Samuel. Je suis heureuse de te voir.
Il pose délicatement sa main sur mon bras.
— Moi aussi.
Nous avançons vers la porte, le trousseau de clés tinte lorsque je le sors de ma poche.
— Tu as prévu de rester ce soir ?
— Oui.

Son sourire illumine son visage fatigué.
— Elle aurait été heureuse de le savoir.
— Je sais.

La bâtisse a perdu ses odeurs de vie. Le renfermé s'accroche aux tentures, le parfum fleuri des senteurs de bois s'est altéré. Je fais le tour des pièces, ouvre les volets pour aérer. Quand je ressors, j'effleure l'épaule de l'homme qui patiente dans l'entrée.
— Je vais chercher les cartons.

Je dépose sur le sol les emballages ouverts, il s'agenouille, les dispose devant lui. J'apporte les objets qui ont pris la poussière sur les étagères et sur les meubles. Je laisse Samuel les trier, garder ce qu'il souhaite. Je l'écoute me raconter leur histoire, ses souvenirs à lui.

Je découvre son enfance dans le quartier, sa vie d'avant. Le récit de ses escapades, ses après-midis passés à cuisiner. Je découvre Hilda, la peau bronzée de ses voyages, les nouvelles statuettes qu'elle lui confie et qu'il dispose à sa guise dans les pièces de cette maison. Je découvre la tendresse dans sa voix quand il parle d'elle, sa confiance, son respect. Sa reconnaissance aussi.

— Je sais qu'elle t'a aidé après ton accident. C'est elle qui lancé les démarches pour Black non ?
— C'est vrai. Comment le sais-tu ?
— J'étais curieuse.

Je souris au souvenir de cette première conversation à son propos.
— Au départ, elle voulait te présenter à Vaira. Mais elle n'en a plus parlé après !

Samuel se racle la gorge. Je le sens hésiter. Viens à sa rescousse.
— Tu as une question. Vas-y.
— Je me demandais... ce que cela te fait d'être Vaira.

Je ferme les yeux, le temps de réfléchir à ses paroles.
Les mots que je prononce viennent alors à moi avec clarté.

— Quand je suis Vaira, je m'autorise à être plus libre, plus forte.
Quand je suis Vaira, je me sens Femme, je me sens Maîtresse. Maîtresse de mon désir, maîtresse de mon corps, maîtresse des scénarios dans lesquels j'accepte de jouer.
Quand je suis Vaira, les hommes n'ont plus de pouvoir sur moi. Car quand ils croient me posséder, c'est moi qui les possède.
Quand je suis Vaira, je deviens souveraine et je gagne en puissance, un peu plus chaque jour.
C'est cette puissance que je veux retrouver, moi, Véro. Parce que, comme tu l'as exprimé si justement, Vaira n'est qu'une facette parmi d'autres. Et aujourd'hui, je me sens capable de toutes les incarner.
Aujourd'hui, je me sens capable d'être Véro, d'être la mère de Valentin, d'être Vaira. D'être cette infirmière qui prend soin des vies. D'être cette femme, douce, puissante, forte. Qui séduit.

Samuel garde le silence.
Mes derniers mots résonnent encore sur les parois des murs nus.

Ses lèvres s'entrouvrent à peine.
— Alors sois toutes ces femmes avec moi cette nuit.

*

Nos paumes chaudes se rencontrent, nos doigts se frôlent, s'entremêlent.

Nous montons l'escalier de pierre, nos pas résonnent à l'unisson.

Je guide Samuel jusqu'à cet appartement qui a protégé mes nuits quand je n'étais que Vaira, cet appartement qui sera le mien ce soir.

Je guide Samuel jusqu'à ma chambre, jusqu'à mon lit, frissonne quand mes yeux se posent sur sa bouche.

Il s'avance vers moi, passe sa main gauche derrière ma nuque, fait coulisser l'élastique qui enserre ma chevelure. Ses doigts se faufilent dans mes cheveux, j'approche mon visage, sens son souffle chaud sur mon front.

Sa bouche est à quelques centimètres de la mienne, je le hume, savoure cet instant suspendu. Sa main droite monte jusqu'à ma joue, ses doigts effleurent mes sourcils, ma pommette, son pouce se pose sur mes lèvres.

Mon corps se colle contre le sien quand se touchent nos bouches. Nos langues se trouvent, se goûtent, se mêlent. La chaleur se répand dans mon cou, ma poitrine, mon ventre. Nos salives confondues, je plonge dans le désir de sa peau, de son odeur, de ses bras.

Les mains de Samuel se faufilent sous le tee-shirt qu'il enlève, frôlant mes hanches, mes côtes, mes épaules. Il s'agenouille devant moi, embrasse mon ventre, déboutonne mon jean.

Ses doigts libèrent ma peau, je suis nue devant lui. Il dessine mes courbes, picore au hasard des parcelles de mon corps, je sens l'air chaud au bout de son nez.

Malgré sa cécité, il est le seul homme qui me voit.
Qui me voit vraiment.
Qui me voit dans tout ce que je suis.

À mon tour, je le dénude. J'entrouvre sa chemise, dégage ses épaules. Je redécouvre son corps, le dessin de ses avant-bras, de ses biceps, de ses triceps. La peau de ses pectoraux irradie de chaleur et de désir.
Je le savoure du bout des lèvres, du bout de la langue. Je m'autorise enfin le mélange de l'audace et de la timidité. Je m'autorise aussi la patience, le temps que l'on prend à se dévêtir, à s'apprivoiser. À vivre.
Je me laisse guider par mon instinct, par ce que je suis à cet instant : une femme, pleine, entière.

Je garde les yeux ouverts, il a fermé les siens.
Les ailes de son nez frémissent, je comprends qu'il me respire, qu'il respire l'air qui sort de ma bouche. Mon index descend son front, l'arrête de son nez, dessine la fossette jusqu'à sa lèvre. Il mordille le bout de mon ongle, ma bouche se plaque contre la sienne. Je me délecte encore de sa saveur, de la saveur de son désir, de son envie. Ma respiration s'accélère, un gémissement s'échappe de ma gorge, je halète.

Il me bascule sur le côté, embrasse mes seins, mon ventre. Ses baisers s'interrompent, il se décolle de moi.
Je retiens ma respiration dans l'attente de ces secondes infinies.
Un cri m'échappe quand la pointe de sa langue vient me goûter à son tour. Je serre sa tête entre mes cuisses, tant pour m'abandonner que pour le retenir.

Je suis prête. Je repousse doucement Samuel, l'allonge sur le dos. Lentement, je le guide, m'assois sur son sexe dressé. Il me pénètre à peine. Je laisse mon bassin en suspension et millimètre par millimètre, je me glisse sur son désir pour moi.

Je pourrais presque jouir de cette unique et première pénétration, tellement l'envie est forte, l'apaisement total.

Je retiens mes mouvements, laisse monter de nouveau l'envie, le plaisir. Je me blottis dans son cou, son odeur m'étourdit, je gémis. C'est tout son être qui occupe l'espace de mes sens à cet instant.

Nous ne formons plus qu'un, ma bouche sur sa bouche, mes doigts dans ses cheveux, mon ventre collé au sien. Ses mains sont posées sur l'arrondi de mes fesses, je danse au-dessus de lui.

Je retiens encore mon cri.
Mais plus pour très longtemps.

30

Hier soir, j'ai mis la dernière croix sur les cases bleues du calendrier.

Je savoure ce premier jour qui m'appartient totalement. Je m'étire, m'éveille à mes sens, un par un. Le parfum du savon sur ma peau lorsque j'ai nettoyé, pour la dernière fois, les odeurs tenaces de l'hôpital. Le trait de lumière sous ma porte parce que je n'ai pas fermé les volets du salon. Et ces bruits différents qui rompent le silence de l'appartement : les pas du chat sur le parquet, le souffle du vent cognant sur la fenêtre, le réveil de Valentin qui sonne dans le vide.

Je râle pour la forme contre mon fils qui a oublié qu'il partait chez son père, souris surtout. Parce que depuis que Valentin nous a parlé, à Benoît et moi, son absence n'est plus souffrance.

J'éloigne le drap, me redresse, le sol est froid sous ma plante de pieds. Je saisis un élastique, enroule mes cheveux pour dégager ma nuque, les noue en un chignon sans me préoccuper des mèches qui s'en échappent.

Le livre sur ma table de nuit a repris la poussière.

Je patiente devant la bouilloire, le sachet de thé attend au fond de ma tasse. Je pense à mes prochaines heures, à mes prochains jours. À ce que je me suis engagée à faire, pour elle, pour nous.
Un témoignage de ma reconnaissance.
Dans un claquement, le bouton se relève. Je verse l'eau bouillante, la vapeur chargée d'arômes s'élève jusqu'à moi. Je saisis le mug, m'assois à la table de la cuisine.

Le stylo que j'ai laissé sur le bloc de feuille blanche m'attend.
J'ai besoin d'écrire cette lettre, je la lui dois.
J'inspire profondément, bois une gorgée de thé brûlant et me lance.

Ma Vaira,

J'ai enfin compris qui tu étais.
Tu es ma sœur, mon amante.
Tu es ma guerrière intérieure, la gardienne de mon intégrité.
Je te remercie d'être là.
Je te remercie de m'avoir protégée.

Tu m'as appris à trouver le savant dosage.
Entre l'ouverture du cœur et les barrières de l'âme.
Entre ma sauvagerie et ma douceur de femme.
Avec toi, je veux vivre, goûter, danser.
Sautiller dans la rue, rire à gorge déployée.

À mon tour, je te promets de te préserver.
De t'offrir l'espace pour exprimer ta liberté.
Je nous veux vivantes, solaires.
Dans cette alchimie, à la source de notre puissance.
De notre puissance de femmes – réunies.

Le thé est maintenant froid dans ma tasse.
J'ai plié la lettre. J'ai trouvé une enveloppe dans laquelle je l'ai glissée. Je regarde ce rectangle blanc, le rabat que je n'ai pas collé.
Je dépose l'enveloppe dans mon sac pendu à la patère.
Dans les bruissements du papier frôlant le tissu, j'ai l'impression d'entendre sa voix qui, imperceptiblement, me répond.

*

— Bonjour Madame. J'ai un colis pour vous.
La voix grésille dans l'interphone.
— Montez, c'est au troisième. Première porte à votre droite.

Je retourne à la cuisine, referme mon calepin que j'ai noirci de notes. Je ne pensais pas trouver des patients si vite mais la pénurie de professionnels de santé joue malheureusement en ma faveur. Je vais avoir besoin d'un nouvel agenda pour y inscrire mes premiers rendez-vous.
Je complète ma liste de fournitures dans mon téléphone. J'ai l'impression de revivre une rentrée scolaire : un mélange de stress et d'excitation.
On frappe.

Sur le seuil, le fleuriste me tend un paquet.
— Merci !
— Belle journée Madame.
Je verrouille la porte derrière lui.

Un carton est agrafé sur le papier glacé. À la lecture de l'inscription « Pour V. Samuel. », je souris. Je m'assois sur mon canapé, un peu de terre se décolle du pot en plastique quand je le pose sur la table basse. Je décroche la carte, la retourne.

Au verso, j'y découvre deux phrases imprimées en noir. Ma gorge se noue, émue des mots que Samuel me renvoie en miroir.

Je détache délicatement le papier transparent vert anis, libère une plante vivace que je connais bien. Je respire l'odeur des petites fleurs bleues au pistil jaune, cette odeur que j'avais fui, comme j'avais fui une part de moi-même.

Je suis troublée par le geste de Samuel. Troublée de faire face à ce nom, inscrit en latin, sur l'étiquette plantée dans le terreau.

*

Les graviers s'enfoncent sous mes pas dans le cimetière désert.
J'inspire lentement. L'air frais entre par mon nez, vient chatouiller le bout de mes narines. Mes poumons se gonflent, mon ventre s'arrondit, plein à son tour. Je savoure l'oxygène à l'intérieur de mon corps, retiens un temps ma respiration. Tout mon corps se relâche quand j'expire longuement.

Je hausse le menton, contemple le déplacement des nuages dans le ciel bleu limpide. Je tourne mon visage vers le soleil, ferme les yeux. Sa lumière étincelante avive les couleurs du kaléidoscope brillant sous mes paupières closes. Je reconnais ce sentiment qui se répand en moi. La paix. Profonde.

Je caresse la stèle, tiède, sous la chaleur printanière.

— Bonjour Hilda.
J'avais envie de venir vous voir.
De vous parler.
De partager.

J'ai quitté définitivement l'hôpital.
J'ai fait le tour des couloirs, une dernière fois. Pour me souvenir.
De vous. De ces âmes que j'ai accompagnées jusqu'à la fin.
La chambre de Monsieur Drance était vide.
Je ne croiserai plus Bastien. J'ai traversé ce pont dont il m'avait montré la voie.
Emma et Amélie m'ont évité un pot d'adieu inutile. Elles me comprennent si bien.
Je pars, pleine de leur soutien, de notre complicité, de notre amitié.
Je me sens si libre, Hilda. Si légère.

Je m'assois sur le marbre gris, attrape l'enveloppe blanche et froissée dans ma besace.
— J'ai écrit une lettre pour Vaira. Je voulais vous la lire.
Je me racle la gorge, sors le papier, le déplie.

Les mots que je prononce à haute voix prennent vie. Ils flottent autour moi, se déposent sur ma peau. Ils y laissent leur empreinte, comme si leur énergie, électrique, pénétraient mes pores un à un.
Mon âme jubile, comblée et entière, Vaira à mes côtés.

Je remets la lettre dans l'enveloppe, puis l'enveloppe dans mon sac.
La dalle est lisse sous mes lèvres, la pierre a un goût de poussière terreuse.
La jardinière qui orne la tombe est remplie d'un mélange de sedum, aux couleurs rose et violet.

Je repense aux fleurs de Samuel, à ce qu'elles signifient pour moi.

Aux mots imprimés sur le carton qui les accompagnaient.
Si justes. Si vrais.

Tu peux être fière d'avoir trouvé la force d'incarner la Femme.
Et à travers toi, toutes les femmes.

Je crois que le message est là.
Il est temps de nous relier.
De nous relier à nous-même d'abord.
Pour nous relier aux autres, au monde, à la Vie.

31

D'une main tremblante, je vérifie sur mon calepin les indications notées au téléphone. Ce matin, c'est ma nouvelle patiente, Madame Serin, que je rencontre. Je suis envahie d'émotions que d'habitude je maîtrise : appréhension, timidité, curiosité aussi. Je me reprends, me concentre, mémorise le trajet jusqu'à son domicile.
Je ne veux pas être en retard pour mon premier rendez-vous.

J'examine l'intérieur de mon sac à main pour en trier le contenu. J'y trouve un sachet de lavande jaune et vert qui a perdu son odeur. J'en sors quelques mouchoirs sales, y laisse ma carte de bus, rajoute mon agenda neuf et un stylo.
Mes doigts effleurent l'enveloppe blanche.
J'hésite.
La saisis.

Je me dirige vers ma chambre, ouvre le placard, en sors la boîte ronde.

À genoux sur le sol, je soulève le couvercle.
La rousseur de la perruque brille à l'intérieur.
J'effleure sa texture, je joue avec une mèche.
Je tiens, dans ma main, l'enveloppe froissée.
Je l'embrasse, la glisse contre la paroi.
Une seconde encore, je contemple le contenu.
Puis, le couvercle reprend sa place sur la boîte ronde.
La boîte ronde reprend sa place dans le placard.

Je retourne sur mes pas. J'enfile une veste, saisis ma besace au passage, claque la porte d'entrée derrière moi. Je dévale les escaliers, rejoins la rue, le bus. Quand j'en descends, le vent joue avec mes cheveux, caresse doucement la peau de mes joues.

Un sourire en coin se dessine sur mes lèvres, je lève les yeux vers le soleil.

Je marche le nez en l'air, respire à pleins poumons, hume les odeurs nouvelles et printanières. Je rythme mes pas sur le chant des oiseaux, admire la couleur des fleurs qui parsèment les branches des arbres.

Et ce qui n'était qu'un demi-sourire vient envahir mon visage. Les commissures de ma bouche s'étirent, mes lèvres s'entrouvrent, découvrent mes dents.

Tout mon être se remplit de chaleur, de lumière, de beauté et d'amour.

J'arrive devant la porte de Madame Serin. Je vérifie le nom sur la boîte aux lettres, sonne. Mon cœur tambourine.//
Le son d'une démarche lourde qui vient à moi.
Un verrou qui s'ouvre.
Une figure burinée qui apparaît dans l'embrasure de la porte.
Qui me sourit.

Ses yeux noirs pétillent, une voix claire aux accents des îles m'accueille :
— Bonjour !
— Bonjour Madame. Je suis la nouvelle infirmière, je m'appelle Véro.
— Très bien ! Entrez voulez-vous ?
Je lui emboîte le pas, suis le dos large qui tangue, referme le battant derrière moi. Madame Serin se retourne, me regarde, songeuse.
— Vous avez dit Véro, c'est bien ça ?
— Oui Véro.
— Véro tout court ?

Je souris à mon tour.
Je sais que je n'ai pas toutes les réponses mais j'en ai au moins une.

— Je suis Véronica.

REMERCIEMENTS

À Marie, qui a été ma première lectrice et j'ose l'écrire, ma première fan. Merci d'avoir accompagné, chapitre après chapitre, la naissance de ce texte. Merci pour ton soutien durant tous ces mois d'écriture. Merci surtout d'être mon amie depuis toutes ces années – à partir de vingt, on a le droit de ne plus compter.

À ma grand-mère, à qui j'ai dédié ce roman. Merci d'avoir lu et relu mon texte. Merci de l'avoir annoté et corrigé. Merci d'avoir su garder le secret de son écriture, tant que je n'ai pas été prête à en parler.

À Charlotte Milandri, sans qui ce texte ne serait pas ce qu'il est. Merci, d'abord, d'avoir cru en ces premières lignes et d'avoir cru en moi. Merci pour ta clairvoyance, d'avoir su me poser les bonnes questions. Merci surtout pour tes encouragements, ta patience, ton humanité.

À Sarah Perahim, qui a été la première à lire une version aboutie de ce texte. Merci d'avoir compris son essence. Merci d'avoir insufflé l'énergie que j'y ai disséminée.

À Hervé, qui n'est plus là pour lire ces lignes. Merci d'avoir aimé Véro et Vaira dès leurs débuts. Merci d'avoir patienté pour les connaître dans leur réunification. Merci surtout d'être monté dans le train de ma vie – même si tu en es descendu trop tôt.

À ma mère, pour son énergie de diffusion.

À mon père, pour sa connaissance des vents.

À ma sœur Amandine, pour ses corrections du monde médical, même si Véro continuera de porter une blouse et non un pyjama.

À mes lecteurs et à mes lectrices, du début, de maintenant, du futur. Merci de m'avoir lue jusqu'ici. Merci d'exister et de faire que ces mots trouvent leur place en vous et dans ce monde.

À Gaël, dans ma vie aujourd'hui et demain, aussi longtemps qu'il nous sera permis. À nos mille et un.

À mes filles, Romane et Marion, à mes côtés toutes ces heures d'écriture. Merci pour notre quotidien, nos « repas du jeudi ». Merci d'être mes enseignantes et de m'inspirer chaque jour. Merci surtout de m'avoir choisie pour maman. Je vous aime. Je vous aime à l'infini – et au-delà.

REFERENCES

La citation de Madame Schmidt au chapitre 3 est extraite du livre *Là où les arbres rencontrent les étoiles* de Glendy VANDERAH.

L'histoire racontée par Madame Schmidt au chapitre 7 est une adaptation d'un texte extrait du livre *Femmes qui courent avec les loups* de Clarissa PINKOLA ESTES.